COLLECTION SÉRIE NOIRE

Créée par Marcel Duhamel

Parutions du mois

2410. LES MORTES

(JORGE IBARGÜENGOITIA)

2411. LA REVANCHE DE LA COLLINE

(HERVÉ PRUDON)

2412. LA NUIT DE ST.-PAULI

(FRANK GÖHRE)

2413. AGENCE BLACK BAFOUSSA

(ACHILLE F. NGOYE)

ACHILLE F. NGOYE

Agence Black Bafoussa

nrf

GALLIMARD

À Gustave,
mon frère
pour ne jamais t'oublier.

Vendredi 13

Danga se raidit dès les premières notes de l'indicatif du 20-Heures. Sa journée s'achevait dans la déprime, comme elle avait commencé. Le manque d'appétit, la gorge serrée l'indisposaient au fil des heures. Sans compter l'impression d'être à découvert, vulnérable, exposé à l'inconnu ; le sentiment de s'étouffer, d'avoir mal partout, de perdre la boule. En d'autres circonstances, il aurait déboulé au café-tabac ou dans le bois voisin. Mais son spleen le clouait dans l'appart à bayer aux corneilles.

Sa main droite se mut à la manière d'une mécanique grippée et se porta à la barbe épaisse. L'espace d'un instant, elle se mit à la caresser, sans en tirer les sensations voulues. Puis à la tortiller, à l'ébouriffer, à la démêler avec fureur, rage de l'arracher, d'extirper du tréfonds ce qu'elle symbolisait : les années cha-cha-cha, les attentes du castrisme, les mirages du panafricanisme.

Une toux éclata dans la pièce, l'obligeant à contenir son désarroi : Khadija émergeait de son feuilleton télévisé. Assise à califourchon sur une chaise, le menton posé sur le haut du siège et les bras entourant le dossier, elle évoquait une toile de maître achevée. Belle et altière dans sa tenue. Féline et douce de regard. Sublime.

Il la revit deux mois plus tôt débarquant, bonne pour la camisole de force, au café-tabac Le Bastos. Pour pincer son mec en position non équivoque avec une copine. Dans les cités dortoirs, l'espionnite veille à la transparence conjugale. Injures, menace de rupture, promesse de rendre la pareille au Ducon-la-joie retentirent dans le bar. Oui, hurla-t-elle devant les assises de la cirrhose du foie, elle le coifferait le soir même. Avec le premier zigoto. Magnez-vous, les couilles molles !

Le mari volage dégaina son cutter, l'arme du zonard péteux, tandis que la bergère maintenait la pression. Sans flancher devant la moustache à la Saddam Hussein.

Danga joua ses atouts : un physique de vieil athlète, de surcroît pourvu d'une pilosité qui – les cuitards s'en mêlaient – dispensait de chatouilles. Désarmants. Il rabroua l'apprenti boucher, prit la furie par la taille, l'entraîna dehors. Des heures après, la tigresse roupillait dans son lit. Saoule. Apprivoisée. Béate après le corps à corps. Depuis, la belle s'amenait chaque soir, furtivement, et repartait le lendemain matin dans un foyer. Rejetée, marginalisée par les siens, elle subissait en prime le désaveu de la cité. Bien entendu, ses va-et-vient ne passaient pas inaperçus. Ils plaidaient en faveur de l'amant, flattaient sa virilité. En deux mois, sa boulimie sexuelle avait fondu en coup de foudre. Discrète, la biche ne s'incrustait ni dans sa vie ni dans l'appart. Elle était pourtant présente. Jour et nuit. Par les fleurs qui ornaient son bordel. Par les rangements, les verres et la vaisselle lavés, le bataclan dépoussiéré. La partenaire idéale dont l'éclat brillait sur son impasse.

Danga s'empara de la chemise posée sur un tabouret, puis haussa les épaules d'impuissance. Le document portait les initiales du Parti Ouvrier Kalinais (POK), sa formation politique. L'ultime bouée de sauvetage.

À quarante-cinq ans, aucune pratique professionnelle n'émaillait son existence, un célibat mouvementé la ternissait. Sa tignasse blanche, son look de play-boy rétro, ses prestations radio lui avaient cependant rapporté de la considération. Sauf à la chancellerie kalinaise.

L'ambassade de la République négro-africaine du Kalina avait pris ombrage de son opposition au maréchal-président Pupu Muntu, dernier des Conducators et kleptocrate notoire. Outre sa fixation sur l'inhabilité du potentat à conduire le processus démocratique dans son pays, le pokiste, un réfugié politique fort courtisé par une chaîne de radiodiffusion internationale, dénonçait l'essence tyrannique du rescapé de la guerre froide. Pour conclure à la roublardise de sa conversion au multipartisme. La mission diplomatique avait beau protester, exiger un droit de réponse, stigmatiser le clientélisme des interventions de Danga, rien n'y changeait. Pire, la rumeur soutenait l'appartenance du trublion au club des numéros susceptibles d'être catapultés en brousse, un jour ou l'autre, question d'y instaurer le Nouvel ordre mondial.

Pour une raison évidente, l'exilé laissait aboyer : les chiens déroulaient, bien que prématurément, le tapis rouge sous la caravane. En vérité, il s'escrimait dans l'arrière-garde d'un parti ayant le pompon loin de l'arène. Le POK offrait une passerelle à ses ambitions. Il représentait la pépinière dans laquelle les politiques quêtaient nègres, secrétaires particuliers, porte-pipe sans sourciller sur leur b a ba. Seul couac : comment savoir s'il voguait dans la bonne galère ? Car l'accession au pouvoir à Kalinabourg-la-Capitale s'annonçait en challenge meurtrier : chaque leader – plus de deux cents à l'appel – briguait la magistrature suprême, chaque état-major revendiquait la Primature pour son joker, chaque adhérent, du plus abruti au dernier en date, escomptait un strapontin ministériel. Sinon la présidence d'une société budgétivore, l'amirauté de la flottille fluviale, le commandement en chef de la police de roulage. Et que vive le mythe errant !

« Chéri, tu parais anxieux, murmura Khadija en troublant sa rêverie.

— Un peu tendu, oui. Sans doute la perspective de travailler avec Jim.

— Je dois t'avouer que ce gonfleur m'est antipathique. Il m'a l'air de porter un masque en permanence. Tout sonne faux chez lui, sa courtoisie autant que sa sollicitude. Y en a marre de ses éclats de rire.

— Tu sais, Khadi, outre le rétablissement d'un État de droit, mon pays va subir un autre test : absorber les cohortes de vrais-faux diplômés. Jim se targue d'un titre en marketing, en réalité décroché par un mercenaire des amphis !

— Tu veux dire qu'il n'a jamais été à la fac ?

— Sauf dans sa cafetière.

— N'empêche qu'il mérite l'appellation de big-manager !

— Foutaise ! Comment peut-on l'apprécier quand il passe du fétichisme à la franc-maçonnerie non pas en raison des idéaux que prône cette société, mais parce qu'il table sur son tissu de relations ? Objectif inavoué : parachuter à un poste clé une fois de retour au bercail. Un faux derche.

— À vous voir bosser tous les deux, on ne s'imaginerait pas que tu te fais des ulcères à l'estomac !

— Que veux-tu ? Nous sommes du même bord. Notre parti n'est pas élitiste, même si son staff est verrouillé par le gratin. »

Danga mit fin au dialogue en allant s'accouder à la fenêtre. Son immeuble s'étirait de part et d'autre d'un cercle dessiné par six tours. On l'appelait Paquebot à cause de sa longueur démesurée. Les tours se dressaient sur dix niveaux, affreusement parées d'une tenue camouflage. Les ensembles formaient la cité des Peupliers. Située à l'écart de Pont-la-Montagne, petite ville du sud-ouest de Paris, elle dissimulait un îlot enserré par une peupleraie et une zone pavillonnaire qui la déconnectait du centre. Une soixantaine d'ethnies cohabitaient sur ce cratère volcanique. Des chefs de famille, échaudés par le stress des PDG, géraient suppressions d'emploi et mises à la retraite anticipées par le siège du Bastos. Tandis que des jeunes floués par l'avenir noyaient leur détresse dans la casse. L'habitant se targuait de la création du ministère de la Ville, survenue à la suite d'une convulsion de la cité.

Danga jouissait d'une vue magnifique au cinquième et dernier étage du Paquebot. Des centaines d'immeubles s'étendaient à l'horizon, truffés de myriades d'ampoules qui leur prêtaient un air féerique. Des files de véhicules serpentaient sous ses yeux, surgissaient au loin, poursuivaient leur jeu de cache-cache. Un tableau saisissant, mais ancré au paysage.

Le barbouseux recula d'instinct en embrassant le bas de l'immeuble : des gamins s'amusaient sur la balançoire du terrain de jeux en dépit de l'interdiction affichée d'y accéder. Le toboggan mutilé, les jeux dévissés, tordus, contondants attestaient de risques certains. Et la cité considérait le parc comme un tremplin aux urgences. Une voiture s'engagea sur ces entrefaites dans l'allée conduisant au Paquebot, détournant Danga du drame inévitable. Ses scrupules ravalés, il retourna à sa compagne :

« Enfin, le fameux big-manager est là ! Préparenous un café pendant qu'on rédige cette déclaration à remettre aux journalistes…

— On n'a plus d'caoua !

— Si ! Le paquet que j'ai ramené ce matin, un robusta d'Ouganda. Charpenté et estampillé Nord-Sud afin de garantir des revenus décents aux petits producteurs du Sud. Je renonce à le conserver… Quel fumiste, ce Jim ! Jamais il n'est à l'heure. »

Khadija déménagea à la cuisine pendant que Danga arrangeait sa mise. Son hôte apprécierait : il se prenait pour un top-model boycotté. Un petit sourire, vite transformé en rictus, se dessina sur ses babines. Il allait gâter l'arrivant, humaniser leurs rapports. Des secondes de flottement. Après tout, qu'est-ce qu'il perdait ? Il arrêta la téloche, glissa une cassette-vidéo dans le magnéto : une star kalinaise gigota à l'écran, déclenchant le déferlement d'un air d'enfer. Tintamarre Jazz. Il n'aimait vraiment pas, mais le big-manager adorait.

L'instant d'après, il consulta deux fois de suite sa montre et trépigna d'impatience. Comment ce diable de Jim pouvait-il mettre un siècle à monter ? Que l'ascenseur soit occupé, cinq minutes auraient suffi pour qu'il plastronne dans le living. Dans son incapacité d'expliquer le retard, Danga s'offrit un autre motif de frustration et fronça les sourcils. Il attribua son tic à la mauvaise humeur, voulut bien croire au non-fondement de sa suspicion. Tintin ! Khadija s'était cloîtrée à la cuisine, elle qui d'ordinaire tenait à ce que la souillarde reste ouverte afin de ne pas rompre le charme de leurs tête-à-tête. Impossible de la voir à travers la vitre granulée ni de deviner ce qu'elle fricotait. Las de se payer une migraine, il s'approcha doucement de l'office et tourna la poignée de porte : la julie, penchée à la fenêtre, transmettait un message gestuel à un quidam planqué au bas du Paquebot !

Danga tomba des nues. Il fut d'autant plus soufflé que la tricheuse arrêta sa mimique. Au même moment, des pas résonnèrent dans le couloir. Louche. Après quinze ans de séjour dans le HLM, il connaissait le temps mis pour aller de l'ascenseur à n'importe quelle porte, localisait la provenance du moindre bruit, savait quel malin crânait dehors. Or il n'avait pas entendu l'ascenseur s'ouvrir ni se refermer ! Tout en demandant à Khadija ce qu'elle tramait, il s'en fut modérer la houle saccadée et fonça vers l'entrée. On venait de frapper. Suspect. Le big-manager s'amusait, lui, à appuyer sur la sonnerie. Longuement. Comme pour s'affranchir du tam-tam…

Danga lorgna à travers le judas. Le couloir plongé dans le noir lui rappela une sagesse : nyctalopes et sorciers, même combat ! Le temps de reculer, un bruit vulgarisé par la télé le paralysa : une carabine que l'on charge. Troublant. La rafale, tirée à bout portant, fit mouche. Il s'écroula, la mine incrédule, dessoudé.

La merluche risqua la tête dans l'entrebâillement de la cuisine. Hagarde. Tétanisée. Frissonnante à la manière d'un rat qui sonde les abords de son trou. La porte perforée attira d'emblée son attention. Découvrant le corps charcuté, elle rentra à toute vibure dans sa retraite. Pour blatérer sur les racistes. Des gens se disputèrent les balcons de la tour d'en face.

Jim Bafoussa marqua un moment d'hésitation après avoir donné de la lumière : un fusil était posé sur le seuil de la deuxième porte à gauche en sortant de l'ascenseur. Il s'en approcha, affolé, tel un marabout qui dégote des gris-gris dans sa trousse de hadj, puis le souleva. Factice, le joujou ? Ses divagations sur la lutte armée comme fin politique enrayèrent son expertise. Il remit l'artillerie sur le paillasson et, dans son mouvement, remarqua la porte criblée. Son entrain coutumier l'abandonna sur-le-champ. Des balles ? Comment le savoir avec sa science infuse ? Une plaisanterie ? Elle ressortissait de l'indigeste. Il se déplaça jusqu'à l'appart suivant, espérant malgré lui s'être fourvoyé, mais dut se plier à l'évidence : l'entrée de son pote n'était plus qu'une passoire. Sa mignonne de l'heure, les cordes vocales aux antipodes de la divine Oum Kalsoum, beuglait à l'intérieur un *Dies irae* de pure inspiration chi'ite. Les horreurs télévisées, avait-il cru en arrivant. Danga qui rosse la poule ? Impensable. Le vieux chacal se réclamait du mahatma Gandhi, sauf dans ses satires. La dialectique, rectifiait-il de sa voix autoritaire. Il tendit l'ouïe. Le fond sonore endiablé le déconcerta.

Jim glissa un œil à travers une perforation et perdit contenance : Danga gisait dans une mare de sang, canardé. Le trouillomètre à zéro, il s'accroupissait afin de mieux saisir la scène lorsque l'alarme sonna dans sa tête : qu'un îlotier le surprenne dans sa position, il nagerait dans une telle mélasse que son bagou en pâtirait. Sans disposer de l'alibi nécessaire pour se dédouaner. Soutenir qu'il venait prendre part à une séance de travail ? Avec ses mains vides ? Il fallait déguerpir avant le concert des sirènes de la police. Au reste, il ignorait les notions d'assistance à personne en danger pour s'éterniser là. Sa décision prise, il se précipita vers l'ascenseur. Occupé. La sortie de secours. Deux képis de la police municipale surveillaient l'entrée. Leur présence lui procurait d'habitude une peur panique, maladive. Arrière toutes. Les uniformes aperçurent le mailloche qui remontait dare-dare les escaliers et se lancèrent à ses trousses.

Les quatre-vingt-douze kilos de Jim pesèrent leur poids de semoule. Empoigné au pied entre les deux premiers étages, il essaya l'escalade de son pied libre, s'affaissa sur les marches. Quoique mal en point après sa chute, il eut l'élégance de ne pas déplacer le débat :

« C'est pas moi l'assassin…

— L'assassin de qui ? rétorqua un flic en le maîtrisant.

— De mon ami, là-haut…

— Où là-haut ? Dans la station Mir ? réagit le deuxième policier en lui passant les menottes.

— …

— Pourquoi prenais-tu la tangente ? reprirent en chœur les agents en l'entraînant vers leur véhicule.

— J'allais téléphoner à la gendarmerie.

— Et nous, on garde les moutons ? »

L'enquête allait être bouclée avant de démarrer. Les protestations du fuyard incitèrent les roussins à recourir au sabir corporatif. Il dénonça l'arbitraire, exprima haut et fort son dégoût devant l'atteinte inadmissible à sa liberté de mouvement, et fut en retour traité comme un malpropre. Malgré sa belle saharienne.

L'équipe montée au cinquième prit les dispositions d'usage en tombant sur la carabine. La porte défoncée, les secours tentèrent l'impossible sur l'homme étendu. Un agent s'escrima à rassurer la recluse, tandis qu'un autre alertait la brigade criminelle.

Le constat de décès plongea Khadija dans la désolation. Elle s'effondra sur le mort en le couvrant de larmes et de câlins. Silence pesant alors qu'elle criaillait ses mécomptes, les bras en l'air ou battant ses flancs, sans se soucier de l'auditoire.

Elle plaignit son infortune, interpella les poulets qui rappliquent toujours après coup.

« Le Porto ! » lança subitement une voix dans la foule : un quadragénaire s'avançait en compagnie d'une demi-douzaine de bourres. Rondouillard mais alerte, amène malgré son regard vif, l'inspecteur divisionnaire Laurent Cardoso – nom, fonction, matricule gravés sur un badge – grogna d'entrée de jeu : la musique jouée tranchait par son indécence avec la scène. Il arrêta le clip malséant, nota les attroupements sur les balcons environnants, puis s'approcha de la femme. Tête-à-tête. Nul ne sut ce qu'il lui souffla. Peut-être transmit-il les condoléances du ministre de la Sécurité publique. Sans son accord. Selon la tradition républicaine.

Des bruits de pas provinrent peu après des escaliers, occasionnant un mouvement tumultueux des badauds. Les gardiens de la paix déclenchèrent sur-le-champ le branle-bas de combat. Les curieux, désormais dans la crainte de la proclamation du couvre-feu, formèrent docilement une haie : deux policiers escortaient un Noir pas mal agité. Le mastard regimba à l'idée de parader au milieu de la foule hostile et se démena des quatre fers en vue d'y échapper. Peine perdue. Des témoins reconnurent le tueur sadique du couloir. Il s'était attardé sur le lieu du crime, s'en était délecté. Khadija, finalement intriguée par le barouf, se dressa sur la pointe des pieds pour voir l'objet du remue-ménage. Le faciès de Jim lui glaça le sang.

« Dis-leur, madame, que je ne suis pas l'assassin, supplia celui-ci de sa voix basse de gospelman. Ai-je la tête d'un sorcier pour zigouiller mon propre frère ? »

Khadija encaissa froidement, ce qui ramena l'attention du public aux travaux de l'équipe : ultimes poses du mort, collecte de témoignages à chaud, recherche d'indices et fouille méthodique de la piaule. Alors qu'on l'avait crue en train de digérer son deuil, la Noraf choisit ce moment pour s'élancer sur le meurtrier, toutes griffes dehors. Le divisionnaire la rattrapa in extremis, mais ne put empêcher le mitraillage de la cible au graillon.

« Retenez-moi ou j'émascule ce chien de la chienne, rugit-elle. C'est lui qui l'a tué. Danga flairait son coup. Ils avaient en plus rendez-vous...

— Ce n'est pas moi, Khadi », tenta le big-manager de l'attendrir avec le diminutif cher au défunt.

Bousculade inexplicable alors que les secours emportaient le corps. Jim brailla tout à coup de douleur en portant ses mains à la bouche. Ses globes oculaires roulèrent, paniqués, de gauche à droite, révélant une couardise inimaginable au vu de son physique. Le dégonflé crachouilla deux crocs et du sang, puis se replia derrière les flics. Un matador parada dans la mêlée, fier de traduire le sentiment général par un uppercut. Les agents s'empressèrent de soustraire l'assassin présumé à la loi de la jungle.

Khadija fut entendue le soir même. Sa déposition porta sur les dernières heures de Danga : ses pressentiments, ses réticences à bosser avec Jim, l'aversion que celui-ci lui inspirait. La dame déclara partager cette aversion contre le big-manager. Mais c'était la seule relation de son amant à le visiter, une relation qu'il ménageait en dépit de ses principes : les deux camarades formaient un tandem au sein de la commission des Relations publiques du POK. Avec Jim en qualité de second. C'est dire une raison de le souffrir au risque d'isoler son jockey.

Danga était un mâle total. Il ne lui avait fait aucune promesse, mais elle le soupçonnait de guetter le mariage au premier tournant. Khadija appréhendait cette éventualité autant qu'une échéance fatale. À son avis, une telle évolution aurait empoisonné leur liaison, d'autant plus que cette liaison restait tributaire de leurs cultures ou – n'en déplaise aux ténors de l'intégration – de leurs différences culturelles. Dur à avouer.

Le défunt était un fauché chronique. Peut-être percevait-il quelque subside du POK, ce qui expliquerait son engagement à corps perdu dans le parti.

« Cependant, poursuivit la jeune femme avec amertume, il y a un point que je n'ai jamais élucidé, même s'il ne constituait pas ma tasse de thé : Danga s'absentait chaque matin de cinq à sept heures, les jours fériés compris. Où allait-il, que faisait-il ? Mystère. À son retour, il rayonnait ou affichait une tête de mort…

— Avez-vous cherché à le savoir ?

— Il a éludé mes questions de manière nette, ce qui était sa façon d'inviter à ne pas insister.

— Intéressant ! » émit l'inspecteur en prenant note.

De son ex-mari, Khadija révéla la désertion du quartier après l'esclandre du Nemrod. Le déréglé n'avait pu ruminer la lune de miel qu'elle lui imposait avec son berger black. Le couple s'était revu la dernière fois chez le juge des affaires matrimoniales. Cocasse.

Les candidats au divorce sont d'abord reçus séparément. Aucune des deux parties ne sait ce que l'autre lui reproche. La tentative de conciliation les réunit ensuite devant l'homme de loi, et c'est le clash. Le fourbe l'accuse de manquements graves aux devoirs du mariage, débagoule des menaces. Non pas qu'il les profère contre Danga, lequel le subjugue par sa personnalité, mais contre elle. Quel macho ! Oublier sa propre trahison et la traiter, elle la conjointe baisée, de salope ! Elle n'a pu se retenir et, devant le robin embarrassé, rétablit la vérité : le moustachu est non seulement incapable de satisfaire sa moitié, mais encore d'honorer ses attributs. Avec lui, la méthode de fécondation in vitro est vouée à l'usage ménager. Consultation de la notice à la cuisine.

Mais alors, reprend l'arbitre un tantinet partial, pourquoi cette crise de jalousie quand vous le surprenez en galante compagnie ? Primo, répond l'interpellée, c'est mon droit d'épouse. Secundo : il occulte ses insuffisances sexuelles par la pratique de formes perverses de l'amour. Des détails, messieurs-dames ? Un ange vola dans la salle. Le divorce assuré. Si elle voyait cette chiffe commettre un tel crime ? « Trop lâche pour signer un acte qui exige sang-froid et courage.

— Vous lui accordez le bénéfice du doute…

— Aveuglément. Même si personne ne peut prévoir la réaction d'un taré qui se croit bafoué ?

— Pensez-vous que Jim Bafoussa soit l'assassin ?

— Absolument. Mais je ne le voyais pas supprimer l'homme qui lui fraye son chemin… »

Samedi 14

Titre : meurtre aux Peupliers. Le *Coq Gaulois* conjecturait dans son édition du week-end sur l'assassinat de Danga, Kalinais fort connu pour ses diatribes envers le régime autocratique de son pays. L'homme était affable, apparemment sans ennemis et vivait depuis peu avec une jeune femme en instance de divorce. C'est dire que l'acharnement du tueur à ne lui laisser aucune chance préjugeait de l'existence d'un conflit majeur.

La cité se trouve encore sous le choc. Les rares témoignages rapportent notamment dans quelles circonstances le trépassé, homme courtois, s'est farci une dame abusée par son mari. D'où la question de savoir si son exécution ne serait pas liée à cette péripétie conjugale. On signale par ailleurs que M. Danga ne travaillait pas. Comment faisait-il pour pomper sa mousse, entretenir sa poule, mettre de l'huile de palme dans ses feuilles de manioc ? Les enquêteurs sont appelés à répondre à ces questions, faute de quoi ce meurtre pourrait se couvrir d'un voile épais.

Les recherches entreprises dans l'immeuble n'ont pas abouti et l'on ne sait rien de l'homme qui a été arrêté. Sauf qu'il fréquentait la victime. Selon toute vraisemblance, son interrogatoire déboucherait sur une inculpation pour homicide volontaire.

Cardoso jeta le journal, blessé dans son amour-propre. Le canard menait l'enquête. Il devait mettre les bouchées doubles pour éviter que des briseurs de nougats ne le brûlent sur son terrain.

Jim Bafoussa attribua sa nuit de garde à vue à une cabale. Outre son arrestation abracadabrante, il venait d'essuyer une série de revers inhabituels : un contrat annulé avec une mairie, deux artistes démissionnaires au sein de son écurie, sa candidature à un poste du parti cannibalisée. Refusant d'endosser le crime, il réclama la comparution du directoire du POK. Sa déposition confirmerait sa connivence avec Danga, partant, l'innocenterait du meurtre.

« Patron, nous avions trop de choses à faire ensemble pour que je gâche tout par un acte déraisonné… »

Le Porto mena l'interrogatoire selon la règle. Ruses et chantages, accusations et compréhensions feintes furent servis coup sur coup, transformant l'instruction en un bras de fer. Le lourdaud, quoiqu'il fût sur ses gardes, se vit contrer ses propres déclarations. Déstabilisé, embrouillé, il s'éleva contre la machination policière, s'engagea à plus de vigilance. Pour plonger aussitôt dans ce qu'il crut être un aparté :

« Qu'est-ce que vous faites dans la vie en dehors, je veux dire, de la politique ?

— Organisateur de spectacles sous le label Agence Black Bafoussa, déclama-t-il en tambourinant des doigts boudinés sur le bureau. Avec ma femme, patron, une Française. Nous sommes secondés par un compatriote, dont la presse a beaucoup parlé il y a quelque temps. Notre boîte produit des artistes du Kalina, d'où je suis originaire.

— Ça marche, votre affaire ?

— Vaille que vaille, patron. Parti de rien, mon budget vaut à ce jour dix fois celui du ministère kalinais de la Culture. Je détiens le monopole extérieur de la production musicale de mon pays, chose qui a réduit à zéro la mainmise de l'État sur ce secteur…

— Quel rôle y jouait le défunt ?

— Aucun. Il ne s'intéressait pas à la musique. Un aigri, patron : alors qu'il tirait le diable par la queue, il nous reprochait, à ma femme et moi, d'exploiter les musicos et de favoriser le pillage du patrimoine culturel africain !

— … Jaloux ?

— Comment le savoir ? Tenez ! Une anecdote me revient à l'esprit : il y a cinq/six mois, feu Danga avait proposé au POK le prélèvement d'une taxe sur le chiffre d'affaires des sociétés montées en

France par des Kalinais. Son prétexte : financer les programmes sociaux du parti. En fait, c'est moi qu'il visait. J'ai crié à la mise à rançon, menacé de tuyauter le *Coq Gaulois*. Ce qui a contraint le parti à capituler. Depuis, on était devenu bons copains.

— Je constate que vous n'avez cherché à joindre personne, même pas votre épouse !

— J'y ai pensé, patron. Manque de pot, ma femme effectue en ce moment un voyage de prospection artistique en Afrique, et je ne sais où la localiser. Quant à mon avocat, j'ai jugé inopportun de l'alerter à deux semaines d'un spectacle que j'organise. Si mon arrestation s'ébruite, c'est le fiasco. Or j'ai investi un magot fou dans ce coup.

— Je comprends. Mais qu'adviendrait-il de ce concert si l'on vous garde encore longtemps... pour des raisons d'enquête ?

— Impossible, patron, à moins d'une erreur judiciaire de votre part. Je n'ai vraiment pas commis ce crime. »

Le Porto lança un regard torve au suspect : « erreur judiciaire » ! Loin de finasser, le balèze campait dans son rôle de gogo. Démotivant. On avait beau multiplier les « Journées ouvertes » dans les commissariats, organiser des visites guidées sous les lambris dorés du palais de justice, le jargon procédurier restait hermétique. Pas la peine de préciser qui fait quoi, la flicaille déraille forcément. L'inspecteur convint cependant que le marron ne cherchait pas à louvoyer, mais se garda de toute conclusion hâtive : l'expérience démontre comment des lascars se dégonflent après avoir joué les victimes d'un complot. Patience et longueur de temps…

Un agent fit irruption dans la pièce et glissa un mot au divisionnaire. Celui-ci sortit à sa suite après avoir pris connaissance du message, puis revint au bout d'une éternité.

« Les résultats du laboratoire d'expertise sont formels, déclara-t-il en posant un document sur le bureau : les balles qui ont tué votre camarade proviennent de la carabine trouvée devant sa porte. Sa mort a été immédiate. S'agissant des empreintes relevées sur l'arme du crime, ce sont les vôtres. Je vais être obligé, monsieur Bafoussa, de requérir votre inculpation. Qu'en dites-vous ? »

Ce développement inattendu brisa Jim. Qu'est-ce qu'il avait été godiche de toucher à cette saloperie ! Comment allait-il se disculper avec un glaive pendu sur la tête ? De plus, son sort ne serait pas encore scellé pour qu'on lui sorte le gros calibre. Résister à la séance de conditionnement. Jim se félicita toutefois de n'avoir pas été brutalisé, même s'il avait perdu lacets de souliers, montre, ceinture, et reprit sa version des faits.

« Croyez-moi, patron, insista-t-il en exhibant ses dents amochées : je n'ai jamais touché à un fusil de ma vie. Sauf hier. Mais après son utilisation par le tueur. Dans mon pays, le service militaire n'est pas obligatoire, raison pour laquelle il n'attire que des têtes brûlées…

— C'est-à-dire ?

— Que je ne sais même pas épauler un fusil, patron !

— … Danga a été fauché par traîtrise. Sa stupéfaction dans la mort en est une indication : il a reconnu son assassin avant de s'effondrer. Quelle autre personne, en dehors de vous, aurait pu le surprendre à ce point ?

— Celui qui a déposé le fusil sur le pas de la porte, patron. Peut-être bien sa concubine.

— Pour quelles raisons ?

— À voir comment elle m'enfonce, il y a matière à penser qu'elle veut brouiller la piste qui mène au tueur.

— Allons, allons ! monsieur Bafoussa, vous regardez trop les séries américaines. La copine de votre collègue s'était calfeutrée à la cuisine quand les secours sont arrivés. Elle ne pouvait perpétrer le coup avant de se barricader. Certaines attitudes ne trompent pas ! »

L'inspecteur ordonna son retour au trou. Jim avait soulevé un coin d'ombre qu'il fallait vérifier. Le délai de la garde à vue s'effilochait, et le juge d'instruction tenait à son week-end. Il courut aux Peupliers.

Le gardien le reçut après avoir exigé sa carte de service. C'était, dit-il, sa contribution à la lutte contre les imposteurs de tous bords. Convaincu de l'effet dissuasif de son accueil, il se prêta aux questions de l'inspecteur. Cinq minutes après, le dialogue entre les deux hommes coinçait sur un point capital : comment retenir le mufle d'un zigue parmi le flot de fossoyeurs de l'identité nationale qui défile chaque jour dans un ensemble de cette importance ? Il fallut tout le tact, toute la persuasion de l'enquêteur, pour que le cloporte se souvienne du zigomar sans bigler sur son poster :

« Je vois de quel lapin vous parlez. Je me demande d'ailleurs comment ces oiseaux s'enracinent chez nous. Avez-vous déjà vu un touriste zoomer un site sans que l'un de ces Zorro ne surgisse dans le décor ? »

Le gardien baissa subitement la voix d'un demiton :

« C'est quand même pas lui le tueur !

— Vous ne l'avez pas vu hier, l'assassin présumé ?

— Avec ces hystériques qui voulaient le ratatiner ? Cette canaille me donne suffisamment les jetons pour l'observer à distance. Entre nous, monsieur l'inspecteur, il faut rétablir la faucheuse... »

Silence gênant. Les locataires devaient marcher à la carotte ou au bâton. L'impossible finit par accoucher. Avec force détails.

« Vous êtes sûr de l'avoir vu à ce moment ?

— Catégorique. À moins qu'il ne s'agisse d'un autre oiseau de même plumage.

— Je vous attends lundi pour votre déposition.

— Pas de problème : je suis un partisan de l'ordre. Ces gens devraient retourner chez eux.

Avec leurs amis qui machinent le plan d'une société melting-pot. C'est cadeau : qu'ils dégagent tous. À chacun sa basse-cour. »

Cardoso le fusilla du regard. Né à Luanda alors que la guerre d'indépendance éclatait en Angola, il était rentré au Portugal, le pays de ses aïeux, dans les bras de sa mère. Étrangers. Autant sur les rives du Kwanza, où plusieurs générations de Cardoso avaient vécu, que sur les bords du Tage. Un an après, sa famille émigrait en France. Immigrés. Jusqu'à lui valoir un surnom. Cette forme maligne d'apartheid avait conforté son adhésion aux principes d'humanisme, principes chers aux globe-trotters, expatriés, coloniaux, émigrants de tous les temps. Il supportait mal les vues bornées depuis qu'il pouvait diéser, sans horripiler les bonnes âmes, en chantant la *Marseillaise* :

« Écoutez : les gens ne sont jamais ce que l'on veut qu'ils soient. Parce qu'ils ne sont façonnés à l'image d'aucun individu, fût-il le père. Si vous avez été scandalisé par ce lapin, comme vous dites, c'est que vous l'avez surévalué, et vous avez eu tort : les gens restent foncièrement ce qu'ils sont. »

Le concierge prit sa revanche en ne raccompagnant pas le moralisateur. Une demi-heure après, celui-ci s'entretenait avec ses collaborateurs. L'affaire se clarifiait sur un point sans pour autant évoluer.

À peine entré dans l'immeuble, Jim Bafoussa en était ressorti en vitesse. Un témoin pour bétonner son alibi : le gardien de l'immeuble. Le poison, qui guettait le passage d'un locataire de couleur, dévisageait systématiquement ses semblables. Le mastoc s'était pointé à l'heure du journal télévisé. Intrigué par son revirement au moment d'emprunter l'ascenseur, il l'avait suivi. Pour le surprendre en train d'arroser l'aire de jeux. La préservation de la nature ? Flop ! La protection de la nappe phréatique ? Blabla ! La rafale avait été tirée dans la foulée. Sans alarmer le gardien pour qui les pétarades, fréquentes dans la cité, extériorisaient les pulsions des jeunes. Mais le tas de lard, troublé dans sa besogne par la présence d'un Vert du dimanche, était pas mal tendu pour n'entendre que le débit de sa vessie.

« De ce qui précède, il ressort qu'il faut relaxer Jim après le délai de la garde à vue. Lui notifier cependant, le temps de l'enquête, l'interdiction de sortir du département. Ceci dit, nos investigations doivent s'orienter vers l'ex-mari de Khadija, Khadija elle-même et les cercles politiques de Danga. Je m'occupe du couple ; Lannoy, branche-toi sur le POK. Quant à toi, Jacques, tu coordonnes. Nous recherchons le tueur qui, selon toute vraisemblance, portait des gants pour faucher Danga. »

Dimanche 15

Masumbuko Mateso reconnut le signal téléphonique – deux fois de suite deux coups brefs – et se crispa. La correspondante, puisqu'il s'agissait d'une femme, rappellerait une troisième fois. Trouvant la ligne de nouveau libre, elle saurait que rien ne l'empêchait de rappliquer.

Le jeune homme arpenta la pièce avec fébrilité. Le décor, un étonnant mélange de genres, se prêtait à la décontraction : salle à manger plaquée frêne, rocking-chair à assise et dossier façon patchwork, poufs, fauteuils, canapé convertible en cuir, petits meubles et living Louis XV. Plus l'Afrique clouée aux murs : masques de bronze et de raphia, tambourins, fléchettes et lances, peau de léopard, peintures naïves. Sans oublier le crocodile empaillé de la commode Louis-Philippe. Le cadre, un brillant hommage à l'éclectisme, baignait dans une lumière ondulante. Mais Masumbuko bouillonnait trop pour apprécier.

Décharné au point de démentir ses vingt-cinq

ans, la tête rasée et le regard terne, le gringalet planait à l'ordinaire. Son visage chagrin, un visage fermé aux joies, traduisait les frustrations. Son plaisir se réalisait dans la solitude. Voilà qu'il devait recevoir la rivale de sa logeuse, sous le toit de celle-ci, sans rouscailler. L'importune le déroutait en plus par ses dribbles en argot. Soucis.

Masumbuko regretta son rôle, mais l'excusa par la dette contractée envers Jim Bafoussa, son hôte et cher compatriote. Sans lui, sa compagne n'aurait jamais découvert l'Afrique et ne se serait pas intéressée à son sort. Et de se rappeler son arrivée, il y a un an, à Roissy.

La presse, les embrassades, les entretiens informels avec les organisations humanitaires ; un show d'une intensité émouvante orchestré par le comité de Sonia, l'épouse du big-manager. Cette petite femme énergique, quoique ne le connaissant pas, avait remué ciel et terre pour le sortir de l'enfer. Il revenait de loin…

Toujours ce cauchemar. Traumatisant. Des sbires du tyran kalinais envahissent de nuit les résidences estudiantines de son université située dans le sud du pays. Des agents internes les avaient auparavant plongées dans le noir. À l'heure fatale, ils défoncent les portes, surprennent les « campusards » dans leur sommeil, les liquident. Au poignard. Par strangulation. Un mot de passe leur évite les méprises, d'autant que les suppôts du pouvoir se sont volatilisés.

Les homes noyés dans le sang, les hiboux achèvent les agonisants. Masumbuko est écharpé, laissé pour mort dans sa chambre. Quand il reprend connaissance, le couloir d'un hosto s'étire devant lui. Des cadavres gisent sur le parquet et des râles montent par-ci par-là, émis par des lambeaux de vies déjà enterrés.

Le blessé craque, voit des égorgeurs partout, s'échappe du mouroir. Son état général inspire la méfiance : son pyjama est en loques, imprégné de sang ; sa mine effarouchée dissuade les secours. Un inconnu l'accueille cependant et lui prodigue les soins d'urgence avant de l'évacuer dans un pays limitrophe. Le comité de Sonia, qui s'était constitué dès l'annonce du massacre, apprend son existence et le déniche dans un centre psychiatrique. Il l'adopte...

Masumbuko retourna dans sa chambre après cette évocation. Ses calmants pris, il s'allongea sur le lit. Engourdi. Deux heures après, il ouvrait la porte à Fatou :

« Salut pisse-froid ! Mon doudou n'est pas là ? »

La voix chaude et nasillarde le tira de son apathie. Mais le rabat-joie, bien que frappé par l'éclat chocolat de la nymphe, resta de marbre. Le visage oblong, minois typique de la région des Grands Lacs africains, fascinait par sa douceur. Ni fard ni maquillage sur la frimousse pourvue d'une petite bouche boudeuse. Le nez court semblait s'être arrêté en pleine évolution, tandis que les gros yeux blancs conféraient un air candide. Stature élégante et le pagne resserré de telle manière qu'il relève de la minijupe, Fatou ne fut nullement dépaysée dans l'appart. Elle jeta son sac à main sur une chaise, ôta le blouson avec nonchalance, puis lorgna le voyeur collé à son buste. Hésitation chronométrée avant de tourner les talons. Elle réexamina les pièces pendues aux murs, après quoi retour au freak :

« Tu ne m'as pas répondu !

— Jim n'est pas là. Vous aviez rendez-vous ?

— Sinon je ne serais pas ici.

— Je ne l'ai pas revu depuis vendredi soir : il avait une réunion du parti.

— Ils ont peut-être improvisé un séminaire ou une bourlingue, mais il aurait dû tuber. Sa greluche, toujours au soleil ?

— Sinon tu ne serais pas ici ! Occupe-toi, fais comme s'il était là. Quant à moi, je retourne dans ma chambre. Si t'as sommeil, prends des draps dans la commode et dors sur le canapé.

— Ma compagnie ne te tente pas ? »

Masumbuko éluda la question en se retirant. Mais qu'est-ce qu'elle le remuait, la cocotte ! Ses instincts enfouis se réveillaient en sa présence, sa force de résistance, ses préceptes moraux fondaient devant son charme. En même temps, il se sentait minable, pas à niveau. La pépée était plus âgée que lui, mais n'en demeurait pas moins drôlement juvénile. De corps et d'esprit. Elle le traitait de haut, une attitude propre à ses concitoyennes alphabétisées…

Trois mois que ça durait ! Mme Mésange, Fatou Karibu de son nom de gisquette, avait sollicité le concours de l'Agence Black Bafoussa dans l'organisation d'une semaine africaine dans son bled de l'Oise. Thème : Les Nuits de Lucy, l'australopithèque hors série découvert au Kenya. Au programme : sept jours de théâtre, d'expos et ventes d'objets artisanaux, de boubouffe, musiques et folklores du Sud ; des nuits entières aux sons de tam-tam et de complaintes des griots ; une kermesse animée par des danseurs blacks, mais aussi par une population white accoutrée à l'africaine. À commencer par le premier magistrat, impérial, dans un boubou d'un blanc immaculé. De quoi rasséréner les beaufs après les hallalis claironnés contre les Huns et les hôtes…

Jim cassa la baraque en distribuant des tracts d'un auteur anonyme. Mieux que l'agitation stérile parigote, une pédagogie forte, rigolote, à l'usage des potes à travers le « Poème d'un Africain à qui se sent morveux » :

« Cher frère blanc,
Quand je suis né, j'étais noir
quand j'ai grandi, j'étais noir
quand je grille au soleil, je suis noir
quand j'ai la trouille, je suis noir
quand je suis patraque, je suis noir
quand je crèverai, je serai noir

Tandis que toi, homme blanc,
Quand tu es né, tu étais rose
quand tu as grandi, tu étais blanc
quand tu bronzes, tu es rouge
quand tu grelottes, tu es bleu
quand tu as peur, tu es vert
quand tu es malade, tu es jaune
quant tu mourras, tu seras gris

Après ça, tu as encore le toupet de m'appeler : homme de couleur ! »

Fatou Karibu était une coqueluche de sa commune. Épouse d'un toubib toujours empêtré dans les coins pourris du globe, avec une prédilection pathologique pour l'Afrique, cette Kalinaise de naissance avait créé une association très sollicitée. Par l'attention qu'elle réservait aux personnes âgées, aux malades, désœuvrés, potaches en difficulté. Tant et si bien que l'adjoint au maire en charge de ces partitions en avait fait son antenne. Mine de rien, elle rejouait le rôle de lumière jadis attribué aux missionnaires dans la brousse. Avec le prêche en moins.

Jim lui présenta une note d'honoraires cafardeuse : un fou de safari à la place d'un mari, la quarantaine inévitable, le droit de vivre sa féminité. Depuis, Fatou parcourait des dizaines de kilomètres pour le rencontrer, rusant sans cesse avec leur situation maritale respective.

Masumbuko se laissa emporter par le souvenir et s'assoupit. Le cauchemar vécu revint plus tard comme une fièvre récurrente. L'ombre emmaillotée dans un drap s'avança à tâtons dans le noir. Les bras tendus en vue de prévenir un obstacle lui parurent menaçants, prêts à semer la mort. Le névrosé lança un cri d'effroi et se blottit sous la couette, tandis que le fantôme lui soufflait un mot apaisant. Complètement éveillé, il reconnut Fatou qui s'asseyait au bord du lit. Il alluma la lampe de chevet, avala son cachet : éviter les émotions fortes, lui avait conseillé le psy.

« Pourquoi pioncer dans l'obscurité si t'as les chocottes ?

— Qu'est-ce que tu fabriques ici ?

— Jim se fait désirer. Selon toi, où peut-il traînailler depuis deux jours ? Je parie qu'il est en train de s'envoyer cette cocotte-minute du club Paris-Kalin ! »

Masumbuko se détourna en marmonnant :

« Va te coucher. Il est quatre heures du matin. C'est pas à pareille heure qu'on va engager une conversation…

— Je ne peux coincer la bulle bicause d'à cause Jim de deurme me prend pour une gaupe. Quelle conasse j'ai été de me toquer d'une panouille de cet acabit ! Je suis pourtant bathouse, sexy. Dis donc, tézig, t'es quand même pas fada ! »

Masumbuko leva des yeux goulus sur le corps exposé à sa curiosité. Les épaules découvertes, la poitrine remuante sous le drap, les longues jambes dénudées l'ébranlèrent. Un zeste d'ivresse l'emplit. Il n'avait pas souvenance de telles sensations dans sa vie. Être si près de l'Amour, subir ses piques délicieuses et recourir au nini. Il se rendit soudainement compte de la légèreté de ses credos. À force de recourir aux principes, il s'était confectionné une carapace. Un masque. Une virginité. Tous liquéfiables devant la douce réalité.

La sirène aggrava son trouble en se mettant debout. Les gestes réglés, elle défit le drap noué au-dessus du torse et le laissa choir à ses pieds. Elle apparut sans voile, ensorcelante, puis virevolta pour aller lourder. La croupe cambrée, ferme, généreuse, le châssis du tonnerre, la grâce de la démarche violèrent la conscience de l'immature. Son cœur se mit à battre au ralenti et, voyant la nénesse sauter dans le lit, il retrouva sa lucidité :

« Qu'est-ce que tu fais, madame Mésange ?

— Ça ne se voit pas, pauv'con ? J'ai une revanche à prendre sur ton tuteur. Je ne peux plus baver les humiliations qu'il m'inflige. »

Le corps en ébullition donna un coup de fouet à l'organisme défaillant. Le bleubite, sa force de frappe retrouvée, prit l'initiative en plaquant la joconde au pieu. Les mains gauches, iconoclastes, pétrirent sans façon les mandarines de l'aphrodite. Découvrant à l'ouvrage la dossière fabuleuse, elles se mirent à la malaxer. Fébrilement. Elles soulevèrent ensuite les jambes offertes et les posèrent sur les épaules, obtenant ainsi la position explosive. L'accordéon. Sans apprentissage préalable. La copine roucoula des « T'es un vrai gaillard », alors que des notes langoureuses fusaient dans sa caboche : « C'est bon pour le moral ! »

Lundi 16

La lettre anonyme était d'un adulte, l'écriture incertaine, l'orthographe nulle : l'énarchie n'expédie pas ses affiliés dans la zone. Le courrier n'ayant pas été affranchi, un agent s'était acquitté de la taxe, espérant dégeler par ce biais le mécanisme de remboursement de ses frais professionnels. La lettre échappa à son algorithme.

Moins d'un quart d'heure après, elle absorbait le divisionnaire : le mouchard avait vu la femme à nègres (sic) communiquer par gestes avec un quidam. La traînée (resic) officiait de la fenêtre du Paquebot, l'homme guettait sous un arbre. Le complice avait disparu après cet étrange entretien, peut-être pour entrer dans l'immeuble. Toujours est-il que la rafale avait été tirée à cet instant. Le délateur avait observé la scène de chez lui. S'il ne révélait pas son identité, c'est pour se ménager le voisinage.

Le Porto se tortilla les méninges. Pour suivre la séquence en cours de tournage, l'informateur devait percher dans la tour d'en face. Au même niveau que Danga ou à l'étage du dessus. Logique. Il réunissait donc de fortes chances de ne pas louper un détail de la trame. À moins que la lettre ne relève de la malveillance, vu la mauvaise presse de Khadija dans le quartier. Parfait.

L'inspecteur s'en doutait dès la soirée du meurtre : parmi les curieux de la tour dressée devant l'aile de Danga, quelqu'un – peut-être bien le cafeteur – s'y serait trouvé avant le crime. Qui sait s'il n'aurait pas assisté au reste du court métrage après en avoir vu le prologue ? D'autre part, le dénonciateur ne rendait pas compte de la partie dramatique du spectacle. Pourquoi cette omission ? Pouvait-il ne pas s'intéresser au déroulement d'une intrigue dont il s'était régalé ? Inimaginable.

Une équipe fut chargée de mener l'enquête de proximité. En l'effectuant l'avant-midi, l'inspecteur escomptait cuisiner le plus grand nombre d'habitants possible : chômage et retraites précoces entretenaient des légions de feignants indemnisés, de surcroît abonnés à la grasse matinée. Les policiers s'informèrent de porte en porte, vérifiant si chaque occupant de l'aile de Danga nichait vendredi soir dans son nid. Un résident africain manqua à l'appel. Il s'avéra qu'il s'absentait des mois durant avant de payer ses loyers rubis sur l'ongle. L'original se trouvait déjà en retard de paiement de deux mois. Ce qui signifie qu'il ne hantait pas la résidence le soir du meurtre.

L'inspecteur se démena à l'étage opposé à celui

de Danga. Les locataires, dans une sorte de résistance passive, jurèrent ne s'être pas éloignés de la télé : on diffusait ce soir-là le film *De Nuremberg à Nuremberg*, fresque des atrocités nazies et miroir d'une dérive de la civilisation occidentale. Les étages voisins appliquèrent la même loi du silence : on aimait bien la police, mais tant qu'elle se dépatouillait. On lui donnait bien les moyens de sa mission. Il frappa à la loge du concierge.

Le gardien l'informa du remplacement de la porte du disparu. L'office des HLM prenait les devants sur d'éventuels squatters : en posant la leur, ceux-ci risqueraient de faire capoter la mise sous scellés de l'appart. Or feu Danga devait sept mois d'arriérés. La société craignait fort de ne point récupérer son dû malgré la vente aux enchères de l'attirail du défunt. Le divisionnaire se rendit au Bastos.

La brasserie grouillait de monde en ce début d'après-midi. La salle, enfumée et empestant la bibine, contenait des masses de consommateurs de tous âges et de toutes ethnies. D'un côté, impitoyablement relégués dans un coin, des retraités buvotaient des tasses de café ou de thé. Ils semblaient abrutis, envapés par l'atmosphère. De l'autre côté, les vaches laitières de l'assurance-vieillesse assiégeaient le comptoir : kir, calva, pernifle, demidirect. Et l'on remet ça, question d'en rabattre aux lobbies anti-alcooliques. Un couple testait son calme au billard, tandis que des excités s'agitaient aux machines à sous. Le plein emploi assuré aux analystes des comportements.

Le divisionnaire aborda le barman, puis essaya de rafraîchir la mémoire de quelques piliers de bistrot. En pure perte. La banlieue invoqua l'amnésie. Un petit vieux passablement pompette lui parut cependant digne d'intérêt :

« Ces charlots font du millimètre, grommela-t-il en sifflant son Ricard. Ça vous compte la mitraille jaune, les yeux hors des orbites, comme devant des lingues. Le copain-là – tu l'appelles encore comment ? – quelle classe ! Il était réglo, payait un pot à chacun, et tout le monde trinquait avec lui.

— C'est lui qui casquait ?

— Qui d'autre, selon toi ? Ces fias-là sont radins malgré les artiches qu'ils perçoivent au tiercé et au grattage du millionnaire. Lui banquait une fois, puis deux fois, comme pour les obliger, mais que pouic.

— Il n'était pas raide ?

— T'es marrant, pépé ! Comment penses-tu qu'il réglait ses ballons ? Avec le valseur ? Je te l'avoue : sa mort m'a foutu en boule. Tu m'paies un coup ? »

Le Porto enregistra. Le cas Danga soulevait l'éternel problème de la quadrature du cercle. Pourquoi ce flou autour de ses moyens financiers ? D'une part, le prodigue offrant tournée sur tournée à des gens qui ne lui renvoyaient pas l'ascenseur ; d'autre part, l'impécunieux et mauvais locataire découvert par sa copine, son camarade du parti, son bailleur. Il devait bien exister une explication à cela. À moins que le gars n'ait caché son jeu, mais quel jeu ?

L'inspecteur stagiaire Max Lannoy n'avait pu obtenir l'adresse du POK : Jim transitait par Danga pour joindre les bonzes du parti. En cas de réunion, le défunt était prévenu la veille, mais apprenait le lieu de la rencontre une heure avant sa tenue. Ces réunions se déroulaient en comité restreint dans un endroit toujours différent du précédent. Max Lannoy découvrit que ces précautions avaient pour but de désorienter le « bureau de liaison » gouvernemental chargé de prévenir l'activisme de mouvements d'opposition africains. Le POK, en fait son aile radicale condamnée à l'exil, évoluait clandestinement en France. Bicause son programme donnait des frissons aux mandarins du G7 : non seulement ce programme déclarait irrecevable la candidature du maréchal Pupu Muntu aux premières élections démocratiques du Kalina, il prônait en outre sa comparution devant un tribunal populaire et préjugeait de la sentence.

Pressé de questions, Jim s'écrasa : ses objectifs vitaux comptaient plus que les blablas. C'est donc avec une réelle curiosité que l'inspecteur apprit la visite du délégué général du POK : le bouche à oreille avait fonctionné à plein régime dans le ghetto kalinais.

Le bout d'homme apparut devant la porte dès que l'agent de l'accueil l'eut annoncé. Il portait des carreaux à monture d'écaille et aux verres à double foyer, preuves irréfutables d'un solide cursus d'intello. Les yeux sortant de la tête, rouges, injectés de sang, signes de longues nuits passées à ourdir le huis clos entre Pupu Muntu et son peloton d'exécution, le séditieux examina les lieux avant de se décider à entrer. Son pas fut lourd, imposant, comme dans une transhumance de buffles. Le front dégarni, haut, et le menton pourvu d'une barbiche à la Lumumba, le zigoto passerait pour un commissaire politique d'un maquis révolutionnaire. Même si son costume plaidait pour un éboueur endimanché. Antipathique.

Le sieur Kalubi, son bonjour de pure forme à peine dit, tira une chaise et s'attaqua à l'essentiel, empiétant sur le rôle de l'enquêteur de mener l'entretien selon son feeling :

« J'ai appris seulement hier le drame irréparable, dit-il d'une voix grave. Le camarade Danga était une de nos valeurs sûres, un homme sur qui nous bâtissions bien des projets…

— Tout indique que son collègue l'a tué.

— Impensable. Danga et Bafoussa étaient très liés. Ils formaient deux personnalités distinctes, mais qui se complétaient. Le premier était technocrate, d'une rigueur peu commune chez nos adhérents, le second pragmatique. Leurs différences les unissaient. J'exclus totalement l'idée que l'un ait pu attenter à la vie de l'autre. »

Pour le représentant du POK, l'assassinat de

Danga était imputable aux services secrets kalinais. Démonstration : la fin de la guerre froide a beaucoup influé sur les méthodes de gouvernement dans le Tiers-Monde, notamment dans les pays où les régimes exploitaient la rivalité Est/Ouest, ce qui fut le cas du Kalina. Ainsi, le maréchal-président Pupu Muntu ne peut plus emboucaner les leaders de l'opposition, comme au cours de sa longue dictature. À la moindre entourloupette, Washington et Bruxelles haussent le ton. Problème : ces capitales sous-estiment le génie retors de leur ancien indic. Ses services ont en effet imaginé le moyen de maintenir le statu-quo, sans pour autant laisser l'impression de contrer le cours de l'histoire : ils suppriment les cadres des forces démocratiques, des gens généralement obscurs, dont la mort n'empêcherait personne de dormir, et privent ainsi ces forces de leurs atouts.

« Des preuves, monsieur Kalubi, en avez-vous ?

— A-t-on jamais la preuve d'une conspiration ourdie au sommet d'un État ? »

Les méthodes utilisées sont odieuses : accidents de voiture provoqués, empoisonnements à effets tardifs, agressions à première vue crapuleuses, sida...

« Nos hôpitaux ont perdu depuis belle lurette leur fonction d'établissements de santé : même l'aspirine y manque. Malade, le cadre concerné reçoit l'inévitable piqûre de placebo, retourne à ses occupations. Le hic : la panacée a été délibérément viciée de sang contaminé !

— Vous disjonctez, monsieur !

— C'est effectivement impensable. Mais dans un pays où n'existe aucun recours, où les institutions, les corporations et les organisations diverses sont soumises à une archaïque raison d'État, tout devient possible.

— Je comprends. Mais quel rapport avec Danga ? Votre associé, pardon, votre collègue est décédé de mort violente et non du sida !

— Vous excuserez la rudesse de ma réponse : croyez-vous que mourir du sida c'est trépasser dans la paix du Seigneur ? Et d'un. De deux : nos réseaux de renseignements nous ont récemment signalé que le maréchal Pupu Muntu s'apprêtait à lâcher ses « hiboux » dans des pays tels que la France, la Suisse et la Belgique. Ces bandes, recrutées dans la pègre ainsi que dans les rangs d'une armée de mutins, forment la milice d'appoint de la dictature moribonde. Leur mission : éliminer certaines personnes gênantes. Danga, par son travail remarquable au sein du parti, répondait au profil visé. Tertio : des morts suspectes sont déplorées à Kalinabourg parmi les délégués à la Conférence nationale. Curieusement, c'est dans l'opposition qu'on les dénombre et non dans la prétendue mouvance présidentielle. Tirez vos conclusions !

— J'enregistre, mais tout cela reste à prouver. Encore une question : dans quelles eaux nage votre parti ? »

L'inspecteur frémit à l'écoute de la plate-forme :

le POK se bat pour l'instauration du marxisme au Kalina. L'économie de marché, en somme le capitalisme préconisé par les gendarmes de la planète, n'a guère répondu aux attentes. Loin de là. Le fossé se creuse davantage entre ses agents locaux, une classe dirigeante tenue en laisse par les puissances d'argent, et la masse. Alors que les premiers perpétuent la bourgeoisie vorace qui s'est enrichie selon le mode d'emploi de Pupu Muntu, les couches populaires s'engluent. Toujours exploitées, elles sont encore plus pauvres et de plus en plus désespérées. Parce qu'elles n'ont rien à substituer au capitalisme sauvage. Le POK apporte les solutions. Par l'enclume et le marteau. Avec en prime la dictature du prolétariat.

« J'ai de la peine pour vous, monsieur : votre salut réside dans le libéralisme…

— Celui que vous édictez au Tiers-Monde est inique. Parce qu'il se veut au service exclusif de vos intérêts. Que vaut ce libéralisme quand vos produits passent partout alors que les nôtres sont soumis aux quotas, quand vous occultez la circulation des personnes, quand vos goldens boys, yuppies et autres maudits traders décident à force de spéculations boursières, loin de la sueur et du charbon, et du prix des matières premières et de l'état de richesse des pays tiers, quand vous… »

La fin du communisme en Europe ? L'idéologue sursauta d'indignation : ne point se tromper de mort. On a plutôt assisté à l'enterrement du déviationnisme soviétique et non du marxisme. Celui-ci reste porteur d'espoirs partout où le capital entretient la dèche.

« Des expériences communistes ont pourtant échoué en Afrique !

— Oui, des expériences incompatibles avec le matérialisme historique : le fétichisme, et moins encore le caporalisme-affairiste, ne peut être un substrat du marxisme.

— Je suis édifié. Merci d'être venu. »

Jim Bafoussa ouvrit d'un coup de pied la grille de la propriété. Il habitait une splendide villa, avec terrasse et jardin, à l'autre bout de la zone pavillonnaire. Exténué après plus de quarante-huit heures de garde à vue, il n'aspirait qu'à prendre une douche et faire un somme. Quitte à se rendre à l'agence en fin d'après-midi.

La porte d'entrée franchie, il quitta ses vêtements, tira les rideaux. Dix heures à la pendule. La bouteille de whisky et le verre oubliés sur la table l'intriguèrent. Masumbuko se mettrait-il au scotch, lui qui perdait les pédales aux seuls effluves des boissons alcoolisées ? Il s'avisa de le mettre en garde, vu que son rétablissement tenait surtout à une stricte abstinence.

Quel sacré numéro ! Les remous de son arrivée apaisés, il avait fallu traiter son traumatisme. Ce furent de longues séances d'électro-encéphalogrammes et de psychothérapie. Un mois de repos dans la famille de Sonia, à la campagne, l'avait retapé. À son retour, il avait repris du poil de la bête : l'Agence Black Bafoussa ne pouvait plus fonctionner au jugé, car ses activités nécessitaient la confection d'un calendrier de travail. Il s'investit. Un don du ciel. Grâce à lui, les actions ne s'imbriquaient plus et le courrier ne comportait plus de fautes d'orthographe. Que le bizness marche, il proposerait à Sonia de l'y associer. En attendant, ses dépannages fondaient sa fortune.

Un soupçon lui traversa l'esprit au moment de passer sous la douche : le cafardeux ne serait-il pas en train de cuver son vin au lieu d'assurer le service minimum ? Il hésita quelques secondes, partagé entre sa méfiance atavique et la curiosité. La suspicion l'entraîna finalement vers la chambre du bonhomme. Sorcellerie. Fatou Karibu, ses nichons d'ado exhibés aux esprits errants et le reste du bifteck sous la couette, tripotait sa coiffure en lui renvoyant sa bouille vicelarde. Stupeur de part et d'autre.

« Qu'est-ce tu fous dans le pieu de Mateso ?

— Dis-moi d'abord d'où tu sors dans cette sape, répliqua la cocotte en voyant le plouc à poil. J't'ai pas vu depuis vendredi, et tu ne trouves rien d'autre à faire que de fliquer. Tu me prends pour une roue de secours ? »

Jim prit conscience de son état, mais s'en contreficha :

« Depuis vendredi ! Est-ce que cela signifie que madame a passé ses nuits dans ce foutoir ? »

Masumbuko apparut à l'instant, les fesses enroulées dans une serviette. Preuve d'un équilibre recouvré, il ricanait seul. La santé. Suffisamment traduite par ses yeux pétillant de malice. La présence du maître de céans le sidéra. Son regard, horrifié par la séance générale de nudisme, se porta de l'intrus à Fatou, qui ne se bousculait pas pour adopter une tenue séante, et de celle-ci à la serviette. Pas moyen de masquer la partie de « faisance terrible ». Le flagrant délit. Largement confirmé par sa tête d'enterrement.

Jim piqua une crise en pensant que son poulain les avait tous bernés : lui, sa meufe, le comité de soutien, les tiers-mondistes…

« Toi madame Machin-Truc, sors d'ici à la seconde. Et que je ne te croise plus sur ma route. Tu veux savoir où j'ai été ? Au bloc ! Oui, au trou. Danga a été flingué le soir où nous avions rendez-vous, et j'ai été pris pour son assassin !

— N'importe quoi…

— Tu crois sans doute que j'ai le cœur à la rigolade, hein ? Regarde comment les badauds m'ont fichu : deux dents cassées. J'en avais trente-deux avant, toutes superbes et jamais confiées à la fraise du quenottier. N'eût été la police, j'aurais été massacré à l'heure actuelle. »

Jim constata que la poule ne le prenait pas au mot, et piqua une gueulante :

« Casse-toi en vitesse. Dans ta livrée de travail, s'il te plaît. Quel culot de se faire culbuter chez son doudou ! Ma foi, il faut avoir des fourmis quelque part… ! »

Furieux au point de bégayer, Jim se tourna vers Masumbuko :

« Quant à toi, je te préviens que tu finiras mal. Que tu sautes aujourd'hui cette grenouille, demain ce sera au tour de qui ? Je t'accorde une semaine pour dégager le plancher. D'ici là, va m'attendre au bureau pour ton décompte. Au fait, petite ordure, depuis quand est-ce que tu cochonnes cette rosière en chaleur ?

— T'as tort de me traiter de la sorte, rétorqua Fatou en ramassant ses affaires. T'es pas plus décrotté que moi, toi qui fourres tes conquêtes dans le même paddock que ta fébosse. Tu finiras comme le marloupiot !

— Dehors ! » tonna un Pavarotti furibond.

Masumbuko empocha sa boîte de cachets avant de sortir à la suite de Fatou. Jim conciliait ses proches sur son agressivité. On l'accueillait par des « Salut les musclés » dans les milieux kalinais. Non pas pour sa masse, qui n'intimidait personne, mais à cause de ses coups de gueule. Les expulsés se rhabillèrent dans le jardin.

Quelques minutes après, ils cherchaient la voiture de Fatou, celle-ci ne se souvenant plus de l'endroit où elle l'avait garée. La mine défaite du garçon n'entama guère le naturel folâtre de sa compagne. Le destin arrangeait bien les choses ! Elle allait s'investir dans une relation franche et non réglée par l'argent, chouchouter le jeune amer. Que doudou-bis craigne de devenir SDF, il n'aurait qu'à parachuter chez elle sous le couvert d'un cousin en visite médicale. L'amour fou. Sans hypothéquer leurs rencontres aux aléas de la distance et d'une double vie. Fatou embrassa le puceau après avoir retrouvé sa voiture, puis lui refila un sac :

« Je t'appelle vers six heures pour te fixer sur la soirée. Il se pourrait que je t'invite chez moi, auquel cas tu aurais besoin de ce fric pour ton transport. On fait comme ça ? »

Masumbuko franchit le porche de l'immeuble abritant l'agence. Son travail commençait par la levée du courrier. La boîte lui livra des extraits de compte, des prospectus et – quelle surprise ! – une lettre à son nom de la Commission des recours des réfugiés.

Dès son arrivée en France, il avait introduit une demande d'asile. La requête fut rejetée à cause de l'invraisemblance du récit. Prouver sa véracité releva de la gageure, car les démentis du régime kalinais, largement répercutés par ses relais occidentaux, pétaient de mauvaise foi. Tant et si bien qu'il avait interjeté appel. Il ignorait certes la procédure, mais s'étonnait qu'on lui réponde aussi vite et sans l'avoir entendu. Sa première demande avait pris dix mois d'examen, le recours à peine deux ! Bizarre.

Le jeune homme contint son envie de lire le courrier et monta au bureau. L'agence excellait dans l'organisation des manifestations de la communauté.

Sous son patronage, des matchs de foot opposaient buveurs invétérés, croulants, souffreteux. En présence d'une ambulance du Samu. Des boums, des concerts et défilés de mode, même initiés par des tiers, bénéficiaient également de son support : la boîte démarchait les autorisations, négociait les salles, dégotait les artistes, signait les contrats, fournissait boissons, gueuletons, sono, service d'ordre. Orgies clé en main. Factures différées. Des conférences et débats égayaient son volet militant, et deux autres activités confortaient son renom. D'une part, la Sarl effectuait des quêtes destinées au rapatriement de corps des Kalinais fauchés avant d'avoir gagné au loto. D'autre part, moyennant un règlement liquide, elle remettait du riz ou toute autre denrée alimentaire à un besogneux du pays. Agence Black Bafoussa.

Masumbuko brancha la radio au lieu d'écouter les messages du répondeur. L'heure était aux disques des auditeurs sur 107.5. Mory Kanté : remix *Yéké-Yéké*. Ambiance mandingue. Il décacheta le pli, le lut à deux reprises. Dégrisé : son recours était rejeté avec l'espoir qu'il agréerait l'expression des sentiments distingués du signataire. Sans préjuger de l'ordre préfectoral de déguerpir de l'Hexagone.

Le monde tanguait autour de lui. Qu'allait-il devenir maintenant que Jim le larguait aussi dans la nature ? Au Kalina, sa tête avait été mise à prix et son portrait circulait aux postes frontaliers. Le pouvoir, dans son incapacité à gérer la situation créée par la réapparition de la preuve du massacre qu'il reniait, l'accusait, lui et ses soutiens, d'attenter à sa sécurité extérieure. Quant aux pays voisins, ils avaient réduit ses compatriotes, en moins d'un an, en gibiers de potence.

Masumbuko s'empara de la boîte de comprimés antidépresseurs alors que la radio diffusait *Le glas a sonné* du « seigneur » Tabu Ley. Un hit militant : dégagez, saboteurs de la démocratie ! Il se laissa bercer par la mélodie d'un fatalisme contagieux. Le cœur gros, prêt à fondre, il revécut son enfance d'orphelin sans repères, son appartenance à une jeunesse traquée, ballottée, blackboulée d'un rivage à l'autre. Désespérance.

La star africaine psalmodia le martyrologe de son pays d'origine ; une nécrologie de héros mythiques disparus dans le flou total. Le sort d'un proscrit au nom signifiant la souffrance ne valait que dalle. Son calvaire lui parut tout à coup long, démesurément long. Il prit deux cachets d'affilée, croqua le troisième, s'efforça d'en avaler plusieurs. Sa vue se couvrit bientôt de brume. La nuit.

Le big-manager ne réalisa plus son vœu de se détendre. Sous la douche, il s'apitoya sur la fragilité de Masumbuko au point de regretter sa rudesse à son égard. Il ne l'imaginait surtout pas prenant l'initiative de glisser Fatou dans son lit. Puis, à la réflexion que Sonia ne lui pardonnerait pas cet épisode, il décida de savonner le garçon. Ils n'allaient pas se brouiller pour une étoile filante.

Jim gara sa voiture non loin de l'agence, puis se rendit au kiosque à journaux. L'assassinat de Danga figurait dans une page intérieure du *Coq Gaulois* : l'enquête s'enlisait après la relaxe du suspect, dont la police continuait à taire le nom. Il cogitait sur les raisons de ce silence lorsqu'il parvint à la hauteur de sa boîte. Une inquiétude soudaine le saisit. Ne pouvant l'expliquer, il jeta un regard rétrospectif sur les derniers jours : dur-dur mais la facture avait été payée. Il monta les marches conduisant à la porte ouverte, recula en catastrophe. Coup d'œil aux alentours pour s'assurer que personne ne l'épiait, il leva ensuite le pied.

L'inspecteur Lannoy se glissa dans la marée humaine en jouant des coudes. Quelques rares passants l'évitèrent, mais le bon peuple, habitué aux glissades spectaculaires sur des crottes, gêna son quatre cents mètres plat. Il écarta les obstacles de sa trajectoire, poursuivit le fuyard. Imprécations virulentes et vives protestations derrière lui. Les excuses suivront par lettres recommandées. Il rattrapa le maillot jaune en train de se débattre contre la portière de sa voiture.

« Alors, Bafoussa, lança-t-il, hors d'haleine, il y a le feu à la maison ? »

Le big-manager ne réagit pas : les yeux exorbités par l'effort fourni et les narines se dilatant au fil de la récupération, il haletait lamentablement. Sa respiration redevenue normale, il prétendit courir après une marche de SOS-Racisme. Max Lannoy opposa son veto, valable tant qu'il n'aurait pas signé le livre d'or de l'Agence double B ! Le lourdaud avança un autre faux-fuyant, mais le déclara nul et non avenu à la vue de la paire de menottes. Les deux hommes reprirent le chemin inverse.

Une fois devant l'agence, le patron mastoc remit sur le tapis le défilé produit par sa schizophrénie. Son insistance demeurant vaine, il s'effondra à genoux, totalement indifférent à l'effervescence de la rue, claqua des dents. À croire qu'il venait de piquer une crise tardive de palu. Le stagiaire, pas du genre à s'apitoyer, lui demanda à quand remontait sa dernière croisière sur les lagunes nauséabondes de Lomé. Pour toute réponse, Jim bafouilla :

« C'est pas moi, patron, je n'y suis pour rien. Je l'ai trouvé couché… »

Max Lannoy se rua dans la pièce : un Black gisait sur la moquette, une bave grisâtre coulant aux commissures des lèvres. Le cœur du mal fichu battait faiblement. Le flic appela les secours avant d'alerter le SRPJ. La boîte de comprimés apparut sous ses yeux alors qu'il se demandait, le grelot à la main, comment rentabiliser sa présence. Il en lut la notice, se pencha sur l'avarié.

Son attention fut ainsi attirée par la lettre tombée par terre. Sa lecture l'édifia : tentative de suicide à la suite d'une déconvenue administrative. Mais pourquoi cette attitude louche de Jim ? Un saut à la porte lui révéla sa disparition. Coup de fil à la brigade pour signaler le fait.

L'ambulance des sapeurs-pompiers confirma la réputation des hommes en bleu en s'amenant sans retard. Bref tête-à-tête entre le chef d'équipe et le stagiaire. Le candidat au suicide, formellement identifié, fut évacué.

Des agents du SRPJ investirent peu après l'agence. L'occasion valait la chandelle pour en savoir davantage sur ce genre de boutiques. Qui sait si cette liberté ne déboucherait pas au noyautage d'une organisation extrémiste black ? L'affaire du DC 10 d'UTA, pulvérisé avec corps et biens au-dessus du Ténéré, obsédait encore les esprits pour se méprendre sur les Afros. Ils ne rusaient plus aux Assedics, mais flirtaient à présent avec la Cyrénaïque, le Fatah d'Abou Nidal. Terroriser les terroristes ! Livres de caisse, tiroirs et placards passèrent au peigne fin. Le répondeur, fatalement sans code d'accès, livra son contenu.

Dans le flot de messages, une Yaoundaise à l'accent gaulois protestait de ne pouvoir joindre personne depuis trois jours. Sa colère fit vibrer l'appareil : « Qu'est-ce que vous foutez pendant que je me rôtis au soleil ? » Le deuxième message émanait d'une wife au nasillement caractéristique. Rien de plus anodin que son adresse au boy-friend : « Mon chiennot, je t'appelle de la Nationale. Il est midi. J'espère que tu gardes le moral. À plus ! »

Max Lannoy, notant de l'appréhension dans les

propos de l'inconnue, fit ses déductions : le dénommé Masumbuko lit sa missive après le passage du facteur, soit aux environs de onze heures ; la dame appelle à midi, tombe sur le répondeur ; il débarque à son tour vers treize heures, intercepte le patron de l'Agence double B et découvre le moribond ; selon toute vraisemblance, ce dernier aurait avalé sa sucrerie entre onze heures et midi. Ce qui veut dire que Jim l'a laissé crever. Il empocha la cassette. Une pièce à conviction.

Un agent fut chargé de filtrer les appels. Le résultat se révéla très vite en gestion des affaires courantes du bazar : un zozo réclama son sac de semoule, un autre son sac de riz, un troisième sollicita le rééchelonnement de sa dette… Des préoccupations bassement alimentaires. Jusqu'à ce que le standardiste sursaute en agitant le combiné :

« Chef, la dame de Yaoundé !

— Je la prends. … Allô ! Vous m'entendez ? Meeeerde. Elle tube du Kalahari ou quoi ?

— …

— Parlez un peu plus fort, madame. Je vous entends trois sur cinq. Allez-y… L'inspecteur Lannoy de la Brigade criminelle… Quelqu'un a tenté de se saborder à votre bureau… Un certain Mazimbiko Matezo… C'est pas là le problème : je prononce son nom comme c'est écrit… Vous le connaissez ? Allô ! allô ! Putain de chiasse de cornichon ! Oui, vous disiez ?… Votre mari ? Il s'est débiné… Je vous le fais pas dire : monsieur

Bafoussa s'est mis dans de beaux draps… Passez me voir à votre retour. Au revoir. »

À peine avait-il raccroché que le téléphone sonna à nouveau : Jim Bafoussa venait de se livrer à la brigade. L'inspecteur Mayotte lui a réservé des cadeaux pour son obstination à vouloir copiner, en moins d'une journée, avec le personnel : non-assistance à un mourant, refus de coopérer avec un représentant de la force publique. De quoi écoper d'un séjour de tout repos à la Santé.

Encore un coup de fil. Ça ne chômait pas au SRPJ, question d'étouffer l'idée ultralibérale de privatiser la police nationale. Un faire-part : Masumbuko Mateso, citoyen kalinais né à Perpète-Sous-Tropiques, venait de claquer au centre antipoisons. Overdose. Qu'on l'eût découvert une heure plus tôt, il aurait eu la vie sauve. Rapport en route. Max Lannoy, se souvenant de la déposition du délégué général du POK, émit un grognement :

« Les Blacks maîtrisent le mélodrame. L'un se fait buter dans un cadre passionnel, l'autre pratique le Guide du suicidé, et ça trouve le malin plaisir de charger Pupu Machin-Chose. Parce que la planète jalouse son long règne de kleptocrate ! »

L'antenne de la Commission des recours ne communiquait pas de renseignements à distance. Elle ne fournissait pas non plus d'informations aux tierces personnes. Seules les institutions publiques, par exemple la police agissant par dérogation, bénéficiaient de ce service-confort. Max Lannoy, qui téléphonait de l'Agence double B, crut utile de se déplacer en personne. En fredonnant un air de Patrick Bruel, nul doute qu'il pourrait arracher le tuyau voulu à l'hôtesse.

Sa démarche faillit foirer à l'accueil : la lettre adressée à Masumbuko était un faux. D'abord par l'en-tête, grossièrement imité de celui de l'organisme. Ensuite par la formulation, qui péchait par sa légèreté. Quand l'employée apprit que le courrier avait entraîné le suicide du destinataire, elle dirigea l'OPJ chez le chef de service. Confirmation de l'analyse précédente. La liste des requérants, consultée, révéla que Masumbuko devait se présenter devant la Commission dans trois mois. Une convocation allait lui parvenir incessamment. Le visiteur révisa sa conclusion de tout à l'heure : peut-être que les accusations du pokiste en chef couvaient un fond de vérité.

La ligne téléphonique de l'agence fut mise sur écoute. L'enquête prenait un virage corsé pour ne pas la mener à l'aveuglette. Une dame se manifesta aux environs de dix-sept heures. Le standardiste, oublieux, récita l'annonce rituelle : le SRPJ de Pont-la-Montagne, j'écoute ! Trop tard. La femelle excusa sa bourde et raccrocha. Rebelote dans la minute d'après. Reconnaissant la même voix d'homme qui, cette fois, déclara émettre de l'Agence 2B, la bonne femme cracha une monstruosité, puis coupa la liaison. Entre-temps, le flic avait reconnu le nasillement enregistré sur le répondeur de la PME et prévenu le stagiaire qui venait de rentrer. Celui-ci s'empara de l'appareil quand il sonna pour la troisième fois :

« Ne coupez surtout pas, madame. Vous êtes bien à la brigade criminelle et nous gérons en sous-traitance les appels destinés à l'Agence Black Bafoussa. Qui êtes-vous ?

— Quelle embrouille ! » pesta la correspondante en raccrochant.

Le stagiaire garda le combiné dans sa main gauche : la farce ne s'arrêterait pas là. Il ordonna de contacter le central de France-Télécom. La technologie numérique permettait non seulement de localiser la provenance d'un appel, mais aussi d'établir l'identité de l'abonné, son adresse, l'heure exacte et la durée de sa communication. À condition qu'il tube de sa niche.

Moins d'une heure après, l'inspecteur transmettait les renseignements recueillis au service central des Polices. Celui-ci, par l'entremise de son homologue de la gendarmerie, confia l'interpellation de la gourde à l'unité du lieu d'appel. Si bien que le chef de ladite circonscription sonna à la porte de l'incriminée aux environs de dix-huit heures trente :

« Je suis navré, ma chère dame, mais c'est le boulot qui commande. Je suis mandé de vous entendre ! »

Mme Mésange s'écroula d'hébétude. Ses esprits retrouvés, elle pria les pandores d'entrer et leur proposa le verre d'amitié. Devant leur refus étrange, elle se servit un cognac, l'avala d'un trait, puis s'installa face à la maréchaussée.

« Par trois fois, vous avez appelé une agence, dont la ligne a été déviée sur le SRPJ de Pont-la-Montagne, énonça le bédi. Pourquoi avoir refusé de vous présenter ?

— Ce n'est que ça ! s'écria la voix nasillarde. Vous m'avez troublée avec votre discours d'entrée.

— Répondez à la question ! » tonna le gendarme.

Madame roula ses gros yeux avant d'avouer qu'elle a un copain, un keume tout ce qu'il y a de correct. Elle l'appelle donc à deux reprises, tombe sur un prétendu poste de police et, bien entendu, croit avoir affaire à des mythomanes. Qui n'a jamais reçu à une heure indue un coup de fil émanant soi-disant du locataire de l'Élysée ? Franchement, elle était loin de se douter qu'elle tomberait sur des keufs ! Puis, soudainement inquiète :

« S'est-il passé quelque chose pour qu'on détourne la ligne ?

— À qui avez-vous téléphoné à midi ?

— Je viens de le dire : au cousin qui bosse à l'agence, mais il n'était pas là.

— Quelles relations entretenez-vous avec votre copain/cousin à qui vous laissez des mots doux ? »

La commune allait jaser sur le double visage à la Janus de la sémillante Fatou. Du maire aux clochards, on épiloguerait sur la nature cachée de son activité débordante et l'on plaisanterait sur son engagement. Finis les airs de la Madone venue de la forêt. Adieu la vestale vénérée. L'heure de vérité.

« C'est ma vie privée », coupa-t-elle.

Fatou fournit cependant des bribes d'informations. Les uniformes se dévisagèrent, déçus d'apprendre que les divinités se mettent aussi à poil. Les hommes publics, les modèles ont-ils jamais de vie privée ? N'appartiennent-ils pas à la communauté, à ceux qui les starisent ? Ne sont-ils pas tenus de refléter l'image qu'on se fait d'eux ?

« Madame Mésange, reprit le bricard, confus, je vous prie de nous accompagner. Vous allez être acheminée dans la juridiction où s'est produit le drame…

— Brigadier, vous ne cessez de parler à mots couverts depuis votre arrivée. De quel drame s'agit-il ?

— La personne que vous avez cherché à joindre est morte. Votre témoignage est capital… »

Le visage de Fatou vira de la couleur isabelle au noir goudron. Elle tomba dans les pommes.

Mardi 17

Khadija fut sonnée par l'apostrophe de Cardoso. Celui-ci, fort courroucé qu'elle l'ait mené en bateau, n'avait pas été bonbon sucré :

« Vous m'avez menti, ma petite dame. J'exige cette fois-ci la vérité, toute la vérité. Avec qui parliez-vous du cinquième peu avant l'assassinat de votre ami ? »

La réponse de la rose, tout aussi brutale, le stupéfia :

« Avec mon mari ! »

L'inspecteur nota – simple réflexe de flic – la disparition de l'élément ex. Il toisa la souris avec scepticisme, pendant que son esprit tentait de reconstituer l'intrigue.

Pour une raison inconnue, le couple, qui s'est réconcilié sur le dos de Danga, décide de le supprimer. Il synchronise à cet effet son coup sur les retards homologués de Jim. Khadija, de la fenêtre, signale à son homme la présence du Black. La voie est libre, gesticule-t-elle. Le moustachu monte, abat le pokiste, s'éclipse en abandonnant l'arme du crime. Jim arrive sur ces entrefaites et pose ses gros doigts partout. Pendant ce temps, la femme interprète le rôle de la veuve inconsolable. Classique.

« Raconte-moi tout…

— Shamar ne peut être l'assassin, monsieur l'inspecteur. Je vous ai déjà dit qu'il est veule…

— Accouche ! » rugit la loi de sa voix impitoyable.

Sans attendre le récit, le divisionnaire fonça dans le bureau voisin et ordonna qu'on lui ramène l'ex-seigneur et maître. De gré ou de force.

Une semaine auparavant, rapporte la poupée, elle regagnait sa crèche nocturne quand elle remarque un individu derrière elle. Insolite : la rue est d'habitude déserte à pareil moment. L'inconnu se faufile entre les arbres qui bordent l'allée, profitant de la nuit pour la rattraper. Khadija, alarmée par ce manège, presse le pas. Avec son poursuivant à ses basques. L'idée d'être escortée par un psychopathe la taraude. Elle court. Le traqueur ne la lâche pas d'une semelle. Sa démarche singulière, une dégaine familière, claudicante, l'édifie soudainement : Shamar ! Ils venaient de se quereller chez le juge, d'où sa crainte des représailles. Elle ose néanmoins le démonter :

« Qu'est-ce que tu veux, enfoiré ? Je t'ai reconnu malgré ton numéro complètement bancal. »

L'interpellé s'approche, impassible, une lame brillant dans sa main. La rapière du loubard. Panique de la femme :

« C'est avec un cutter à la main que tu croques ma traîtresse d'amie ? »

Ledit Shamar montre des signes de nervosité. Il guette autour de lui, signe qu'il redoute le passage de quelqu'un. Khadija perd son aplomb.

« Je t'abattrai dans le même plumard que le mal blanchi. En commençant par lui. Pour bander quand tu vas zerver.

— Qu'est-ce qu'il t'a fait, mon chou ? roucoule la frangine de manière ambiguë, espérant ainsi différer le moment de laver le linge sale en famille.

— Ta gueule ! »

L'écart entre les deux candidats au divorce se rétrécit : le moustachu s'avance, tel un fauve affamé devant une proie facile. La gazelle n'ose rien précipiter et considère sa situation avec résignation. Appeler au secours ne servirait à rien : il n'y a pas un chat dehors.

Shamar saute tout à coup et la prend dans ses bras. Khadija, neutralisée par la lame qui lui pique le dos, s'abandonne. Le moindre geste, c'est le billard. Avec ou sans immatriculation à la Sécu. L'homme lui roule une galoche. Comme la partenaire semble apprécier, il ouvre de sa main libre la fermeture de son blue jeans :

« Pas ici, Shamar, implore Khadija, on est dans la rue. Pas ici, je t'en supplie…

— Si, ça se passera ici, et tout de suite. J't'en foutrai plein dans la gueule. Pour taxer tes vannes du tribunal. »

Shamar enfonce d'un cran la pointe de la lame dans la colonne vertébrale de la meffe. Celle-ci se raidit en feignant de se soumettre aux quatre volontés de l'agresseur. Brusquement, il la pousse contre un arbre et, de sa main gauche, lui tord le bras. Jusqu'à ce qu'elle tombe à genoux, la tête au niveau du service trois-pièces. Le couteau taillade inexorablement la chair meurtrie…

« Fais-moi une pipe, comme aucune pépette n'a jamais pu t'égaler ! »

Khadija s'exécute sans ardeur, mais le sadoma s'en moque. Il plane : le contact du goupillon avec des lèvres mouillées enclenche l'orgasme. Vachement jouissif. Il nage dans le nirvâna lorsqu'une voiture débouche derrière eux. La mécanique décélère à une centaine de mètres, balaie la scène d'appels de phares. Entre-temps, Shamar accentue sa prise, obligeant la meuf à poursuivre la fellation, tout en renvoyant l'image d'un couple paumé. Quand elle parvient à se dégager, sa robe est déchirée, son dos en sang. Le temps de se relever, le carrosse, rutilant dans la nuit, atteint les amoureux et disparaît.

« Bon boulot, conclut Shamar de manière sibylline. Tu recevras bientôt de mes nouvelles. »

Perplexité de Khadija. Elle rentre chez Danga, lui rapporte sa mésaventure. L'amant, hors de lui, soigne les blessures et la dissuade de porter plainte : son cheminement politique en souffrirait. Il promet cependant de régler l'affaire sans que la police ne s'en mêle. Mais, précise-t-il, le petit con s'en repentira.

Quelques jours après, plus précisément la veille de l'assassinat de Danga, Khadija emprunte un nouvel itinéraire pour rejoindre son ami. L'ancien parcours lui semble répertorié dans le guide Michelin, sans quoi sa brusque fréquentation par des violeurs ne s'expliquerait pas. Par malheur, Moustache surgit devant elle. La persécution. Mais le gars est super-cool en lui tendant une enveloppe :

« C'est destiné au moricaud. Sa multiplication repose sur sa sagesse. Je passe demain à vingt heures pour lui fixer mes conditions. Il doit casquer : on ne lâche pas gratis une mignonne de ton calibre. Inutile de bluffer, tout est prévu. Fais-moi signe de monter pour lui causer. Je serai au bas de l'immeuble. »

Une vague appréhension submerge Khadija lorsqu'une voiture se glisse au bord du bitume. Les vitres, de couleur sombre, voilent l'intérieur. Shamar traîne les pattes et s'engouffre dans la bagnole. Celle-ci démarre dans un vrombissement qui fait tilt dans la tête de la femme : la Volvo de la soirée maudite !

Cent mètres plus loin, Khadija cède à la curiosité en ouvrant l'enveloppe. Elle en sort une photo. La sienne. Avec sa gueule crispée en train d'effectuer des caresses buccales au salaud. Les deux acteurs sont nettement reconnaissables et fixent l'objectif. L'appareil, sans doute à infrarouge pour obtenir un tel tirage, est dissimulé dans la direction qu'ils dévorent des yeux. Or le seul moment où ils ont scruté la rue, c'est lors du passage de la Volvo. Shamar, avec sa mine béate, pose à l'évidence pour des complices. Ce qui ramène la fellation à une combine destinée à lui nuire. Dans quel but ? Le trouble de Khadija est proportionnel aux interrogations auxquelles elle ne peut répondre : que va-t-il se passer, comment expliquer la scène cochonne à Danga ?

Elle s'était abstenue de lui en parler. Pour ne pas subir son mépris. Même si, en prenant du recul, elle se mettait martel en tête sur son devenir. Elle croyait à présent avoir raté sa cible. Son destin était lié au fan du raïs irakien, aux traditions, à sa communauté d'origine. D'où les scénarios de réconciliation, voire de reprise de relations, que son inconscient lui suggère depuis quelque temps. Humiliant certes, mais son viol par l'auteur de sa défloration n'aura été qu'un incident, une peccadille. On ne force pas sa moitié, mais on la sollicite. Et elle se donne. Ainsi, lorsqu'elle voit Shamar au bas de l'immeuble le soir du crime, elle lui signale l'absence de Danga. Le minus ne la croit pas, mais elle insiste. Son souci est d'éviter une confrontation entre les deux hommes. Car elle sait que Shamar ne pèse pas devant le Black.

« Où est cette photo ?

— Déchirée. Il ne fallait pas que Danga l'intercepte.

— Qu'est-ce que Shamar escomptait en tirer. Filouter ?

— Avec la complicité de l'homme à la Volvo. Seul, il n'y aurait pas pensé. Trop flacdal. »

Khadija fut interrompue par la sonnerie du téléphone. Le Porto décrocha d'un geste nerveux :

« Jacques Mayotte à l'appareil. Inspecteur, je viens de retrouver la trace du mari de la dame que tu entends en ce moment. Il est sous perfusion au centre hospitalier intercommunal, et je vais le voir.

— Que signifie ce croc-en-jambe ? Attends un instant : je te prends dans le bureau d'à côté… »

Le moustachu avait tout quitté. Pour aller vivre, loin des commérages et des procureurs de bistrots, dans la commune voisine. En bon citoyen, il avait signalé son changement de domicile à la police. Ce qui a permis sa localisation rapide via la préfecture.

Ce même soir de vendredi, deux gros bras surgissent dans son studio. Qu'est-ce qui se dit entre eux ? Nul ne le sait. Toujours est-il que les malabars saccagent sa piaule et lui filent une tisane. Les affreux portent des cagoules et, dans un français à l'accent slave prononcé, prétendent régler une affaire familiale.

« Chef, un Slave allié à un Muslim ! Le remake bosniaque d'épuration ethnique prouve que c'est tout faux. L'opération n'en a pas moins été menée avec brio. D'après les témoins, le Beur l'a échappé belle.

— Écoute, Jacques, occupe-toi de Jim pendant que je vais voir ce type.

— Mais, patron, tu as confié cette mission au stagiaire !

— Dans ce cas, rentre assurer la coordination au bureau. Et pas un mot de ceci à la femme. »

Le Porto gravit les marches du centre hospitalier en espérant ne pas s'embourber dans une enquête inextricable. Des gros bras à l'accent slave ! Des communications de service avaient souligné il y a quelques mois la ramification en Occident d'une association criminelle d'origine soviétique. Dénommée Organizatsiya, cette mafia s'était infiltrée aux States au courant des années soixante-dix dans le flot d'immigrants et de réfugiés en provenance de l'ex-URSS. À l'époque, l'empire rouge se défaussait de sa pègre avec l'idée planifiée de déstabiliser le monde occidental. Trafics de drogue, vols d'objets d'art, rackets, meurtres tarifés, contrefaçons, ventes clandestines de l'arsenal nucléaire constituaient la spécialité de ce syndicat. Des tueurs à gages recrutés dans les ex-RSS et munis de visas de tourisme transitaient par l'Allemagne, restaient à l'Ouest le temps d'exécuter un contrat, rentraient hiverner. Peine perdue que de les chercher dans l'immense territoire en déliquescence : on y rappellait que les pays de l'Alliance atlantique reprochaient au défunt bloc de l'Est, depuis les accords d'Helsinki, son mépris des droits de l'homme, notamment sur le volet de la liberté de circulation. Réponse du berger à la bergère. Mais quel rapport entre ces forbans venus du froid et le petit zonard ?

L'interne le conduisit au service maxillo-facial. De mémoire d'homme, confia-t-il au détective, il n'avait jamais vu quelqu'un d'aussi bien amoché. Tête bouffie, anatomie pareille à une poupée désarticulée, fracture du nez, côtes cassées, clavier déboîté, l'équipe de garde s'était dépensée la nuit de son hospitalisation pour le rafistoler. On a dû lui pratiquer des dizaines de points de suture, recoudre la tempe droite, arrêter une hémorragie. S'il en réchappait, il souffrirait de séquelles le reste de sa vie.

Shamar se trouvait seul dans une chambre à deux lits. Le dégueuloir et les bras branchés aux goutte-à-goutte, il roula des yeux de panique à la vue de l'inconnu. Plus jamais il ne souhaiterait « Salaam aleikum » à une créature d'Allah. Le Porto dissipa ses craintes en lui montrant sa carte. Une vive lueur apparut aussitôt dans le regard du délabré. Il manifesta le désir de parler, chose impossible avec la sonde introduite dans son gosier. L'inspecteur obtint qu'on la lui retire. Shamar ânonna d'une voix pathétique.

Il ne connaissait pas ses agresseurs et ne souhaiterait jamais les croiser. Ni au bal du 14-Juillet ni dans le métro. De retour d'une virée, il entend frapper à la porte. Anormal. Car il n'attend personne. Vu l'heure tardive, il traîne avant de s'enquérir de l'identité du visiteur. La porte est défoncée. Désemparé, il voit deux colosses à la face bandée fondre sur lui. Les envahisseurs arborent une musculature herculéenne, les mandibules carrées, la taille ombrageuse. Sans siffler le coup d'envoi, ils jouent aux typhons. Shamar assiste, la peur au ventre, à la dévastation de son cadre de vie. Son instinct le pousse à fuir, mais la sortie se trouve derrière le rideau de fer. Les voisins accourent pour protester contre le tapage nocturne, mais se débandent à la vue des mastards. Un homme manque sa porte dans la bousculade, retombe sur un vandale. Celui-ci lui enjoint de se terrer, faute de quoi la finale se disputera sous son toit. Le zigue, dans son affolement, oublie de nouveau sa porte. Chaplinesque.

Shamar croit qu'ils vont suspendre les hostilités. Nenni. Un hooligan l'empoigne, le soulève d'une main et le rosse à bras raccourcis. Sa figure, sa moustache, ses parties intimes, sa petite santé en souffrent. Alors qu'il n'est plus qu'une boule saignante, le caïd le somme d'arrêter son jeu. Sans quoi une autre roulée serait à craindre. Ceci dit, il le repasse à son comparse. Les prolongations. Une tatouille. Shamar n'est plus qu'une loque insensible quand les brutes se tirent en cassant les objets encore intacts.

« J'ai failli mourir, monsieur. Personne n'a eu le courage d'alerter la police. Je vis avec des femmelettes !

— Où avez-vous été avant l'agression ?

— Dans mon ancien quartier. Ça faisait un bail que je n'y étais plus retourné.

— Votre mésaventure tient d'une descente

punitive. Avez-vous un quelconque différend avec quelqu'un ? »

Shamar fit montre de coopération. Il venait de frôler la mort pour renoncer à un rôle qu'il ne maîtrisait pas. Soupir.

Un métis eurafricain l'aborde le dimanche d'avant et l'invite au rade. Sec, pommettes saillantes, le gars tique de l'œil. Shamar, qui ne fréquente personne depuis ses démêlés conjugaux, voit en lui l'archange Djibril.

L'homme s'appelle Tofla. Profession : VRP. Il l'invite à consommer n'importe quoi, les notes de frais étant à la charge de sa boîte. Preuve de la bonne santé financière de celle-ci, il tire de sa poche une liasse de bonapartes et la pose sur la table : cinquante biffetons de cinq cents balles ! Le smicard fantasme à son sort d'ouvrier, à sa femme rétive à la reconnaissance du ventre, aux mécréants qui ont trahi son amitié. Et prie le mulâtre de le câbler.

Sans détours, le courtier déballe ses douches : le départ de sa légitime, la mise en ménage de celle-ci avec le Black, sa fuite du quartier ; des traverses imputables à cet éteignoir dénommé Danga. Tofla veut également neutraliser cette menace à la prospérité de sa firme.

Shamar jubile en silence. Il rumine sa vengeance depuis une paie sans savoir comment démarrer. Procédure à suivre : s'offrir une pose hard avec la salope et l'utiliser pour saigner le négro. Jusqu'à ce qu'il se déclare en cessation de paiement. Shamar ne voit aucun inconvénient à composer et part à la chasse. Il intercepte la femelle sur sa route, mais celle-ci le traite avec arrogance, ce qui lui vaut une tétée alors que le scénario prévoyait une étreinte enflammée. Tofla apprécie l'improvisation.

Jeudi 12, Shamar transmet la photo à la meuf et lui confie un message destiné à son jules. Il doit le rencontrer le lendemain pour lui signifier les conditions du VRP. Ce jour venu, il se poste au bas du Paquebot. Khadija lui signale l'absence du matou. Ne pouvant le vérifier, d'autant plus que l'animal se croit dans la brousse en snobant le bigophone, il se casse. Tofla, qui l'attend dans les parages, l'enjoint d'honorer son contrat, faute de quoi il ne répondra plus de rien. Naturellement, le moustachu pense à lui lorsque les deux gros bras investissent sa piaule.

« … Comment le rencontriez-vous ?

— Il passait un coup de grelot pour me fixer rendez-vous au café de la gare.

— Il venait avec quelqu'un ?

— Toujours seul.

— Autre chose : que savez-vous de Danga ?

— Ce traître a brisé mon couple. Pour citer sa rengaine, je ferai de son cul un tam-tam !

— … Danga est mort le soir où vous avez été agressé.

— Hamdou'lah ! cria le démoli en biglant à la porte. J'espère qu'il n'a pas calanché dans son grabat ! »

Un infirmier black surgit à l'improviste, des lunettes de soleil sur le nez et un walkman crachant du rap sur la tête. Le divisionnaire, désabusé par un tel laxisme dans un centre de santé, vit le visage de Shamar se contracter. Phobie de l'intraveineuse ou dépression occasionnée par sa confession, pensa-t-il. Le mélomane argua l'épuisement du malade pour décréter la fin de l'interview. Pas moyen de négocier l'injonction avec les décibels déversés par le baladeur : le rappeur n'entendrait pas la batterie d'un rocker. Hippocrate fourra d'autorité la sonde dans la gueule du mal fichu.

Le Porto consulta sa montre une fois dehors : 12 heures 15. Il se dirigea vers le SRPJ, espérant s'entretenir avec son petit monde avant d'aller déjeuner. L'inspecteur Mayotte se précipita à sa rencontre devant le bâtiment :

« Patron, tu as tort de débrancher ton téléphone cellulaire : le centre hospitalier cherchait à te joindre…

— J'en viens !

— Ton client a été retrouvé étranglé après ton départ…

— Putain de carabin ! » cria-t-il en sautant dans sa bagnole.

L'inspecteur ne put qu'enregistrer la disparition de l'homme au walkman. Quelques membres du corps médical l'avaient également aperçu sans soupçonner qu'il exerçait en imposteur. Avec la flexibilité du temps de travail, nul ne savait plus quels smicards formaient le noyau dur d'une boîte. Cardoso n'arracha rien d'intéressant aux blouses blanches qui avaient entrevu le tueur. Apparemment, il avait été seul à l'avoir vu de près, et encore !

D'après son analyse, ce meurtre portait la griffe de Tofla. Apprenant la mort de Danga et sachant que son plan a capoté, le goualeur, convaincu que Shamar a outrepassé les consignes, prend peur. Il va donc le voir, constate que le pantin, démantibulé, végète à l'hosto. Avec le risque d'être approché par les flics et de les aiguiller jusqu'à lui. Décision est prise de le buter. Mais, pour remplir ce contrat dans le centre hospitalier, l'exécuteur devait le connaître. Forcément. Sinon il aurait perdu un temps fou dans les repérages préliminaires.

L'inspecteur fournit les éléments utiles à la confection du portrait-robot du tueur. Diffusion immédiate du document dans les commissariats de la région. Il ordonna également qu'on retrouve le probloque de la Volvo. Avec les renseignements recueillis, son identification devenait possible au service d'immatriculation des véhicules et chez le concessionnaire de la marque.

Fatou Karibu fut conduite dans le bureau de Jacques Mayotte. Elle lui communiqua ce qu'elle savait sur Masumbuko et Jim, et s'appesantit sur la dispute qui avait suivi le retour du big-manager.

Cardoso surgit à l'instant où son adjoint allait

confronter les amants brouillés. Ce huis clos le passionnait énormément. Bicause les acteurs interprètent des rôles naturels, répartis sur place, improvisés par le swing de l'enquête. Un temps fort. Des moments extra où la mesquinerie humaine éclate dans toute sa platitude ; où les doigts d'une main se trahissent ; où des adversaires s'éclaboussent, s'enfoncent, s'étripent devant témoins. Dans le but de paraître nickel devant la loi.

« Madame Mésange, attaqua Jacques Mayotte, répétez devant ce monsieur ce que vous m'avez déclaré.

— S'adressant à Masumbuko, il a dit texto ceci : je te préviens que tu finiras mal ! »

Jim bondit de sa chaise et, passant outre l'interdiction de jacter, fulmina :

« Elle m'a aussi dit, en faisant nettement allusion à Danga, que je finirai comme le marloupiot ! Authentique, patron. Sur le coup, j'ai pas moufté. Est-ce que cela signifie que s'il m'arrivait malheur, elle en porterait le chapeau ?

— Madame Mésange, s'interposa Laurent Cardoso, que savez-vous de Danga ? »

La croix et la bannière. Elle l'a connu par le truchement du ci-présent big-deurme après l'organisation de la semaine africaine dans sa commune. Ce premier contact est fraternel, olé olé, et lui rapporte le grade de tantine. Plus un rendève. Danga lui révèle à cette occasion qu'une marche est prévue dans la quinzaine afin de dénoncer la collusion entre le maréchal Pupu Muntu et certaines puissances. Il souhaiterait y voir une forte participation féminine. La tantine regrette de ne point s'y joindre, mais promet d'intéresser des « séries 7 » : des poulettes qui, selon le langage kalinais, sont considérées comme fichues. Parce que nées dans les années soixante-dix de tous les dangers.

La manif a effectivement lieu, et les gonzesses qu'elle y expédie en entraînent d'autres. Danga lui en sait gré. Quelque temps après, une amie, ensuite une deuxième, puis une troisième l'informent que Danga leur propose un job. Avec immatriculation à la Sécu, assurance-chômage, congés payés, intéressement et autres avantages sociaux à la clé. Sans oublier le chewing-gum de service. Le créateur d'emplois enrobe son offre de telle sorte que les nanas s'accrochent. Les indécises apprennent que la tantine couvre le projet de son aura. Mais quand elles réalisent qu'il s'agit de racoler, certaines se rétractent. D'autant plus que Danga pose un préalable avant de les envoyer au feu : les soumettre à un test d'aptitude, les yeux dans les yeux.

La marraine avale mal la plaisanterie et essaie de choper Danga. Le minitel ignore le vieux chacal. Ses protestations outrées, sa réprobation de méthodes de débauchage aussi abjectes lui restent en travers de la gorge. Elle piaffe au surplus de ne point se brancher sur les camarades blousées.

« Où bossent-elles ? questionna le Porto, heureux

de voir que certains points sombres s'éclaircissaient.

— J'aurais bien voulu le savoir…

— Avez-vous informé ce monsieur de votre découverte, puisque vous étiez liés à l'époque ?

— Non, fit-elle en expédiant une œillade méprisante à l'ex-doudou. J'avais déjà remarqué que son comportement divergeait de son baragouin. Si Danga, dont je regrette le décès, maquait des frangines, lui par contre me tapait du blé sous prétexte d'appuyer les actions sociales du POK. Entre lui et son compère, c'est du pareil au même ! Au reste, qui se ressemble s'assemble.

— Sale rombière, décocha Jim à bout de patience. Elle déraille depuis que je l'ai foutue dehors. Non seulement je ne savais rien des manigances de Danga, je ne suis pas non plus comptable de ses errements.

— Toi, Agence Black, tonna Jacques Mayotte, sois correct envers les tantines. Si tu ne la boucles pas, prépare-toi à répondre de complicité de proxénétisme devant le juge d'instruction. »

Un agent apporta le rapport médical sur le décès de Masumbuko. Surdose. Un détail. Jacques Mayotte avait déjà décidé de maintenir le suspect en garde à vue pour l'emploi d'un travailleur au noir : le candidat réfugié, délégué malgré lui des misères du monde, n'avait pas accès au marché du travail tant que son recours sommeillait. Quant à son employeur, il enfreignait la réglementation en l'utilisant. Désenchantement du big-manager : il avait cru apporter sa petite pierre d'immigré à la lutte contre le chômage !

Cardoso s'enferma avec ses collaborateurs en début de soirée afin de mieux cerner l'enquête. Outre Jacques Mayotte, l'inspecteur principal et doyen de l'équipe, le briefing concernait Max Lannoy, le fringant stagiaire, deux brigadiers ainsi qu'un secrétaire. Les bricards, un Antillais nommé Bissainthe et un Méridional que son collègue avait rebaptisé Baby – mot dérivé de Babylone qui, dans les îles, désigne le Blanc métropolitain –, disposaient du physique de l'emploi. Inégalables dans les opérations d'infiltration, ils adhéraient au milieu concerné, s'y incrustaient au risque de s'enraciner.

« L'affaire se démêle, attaqua le divisionnaire en fixant tour à tour ses hommes. Commençons par Danga. Ainsi que nous l'avions pressenti, le Kalinais entretenait une double vie. D'un côté, le monsieur respecté tant pour son entregent que pour son engagement militant ; de l'autre, le maquereau. Celui-ci est si secret qu'aucun membre de son entourage ne flaire son existence. Par sa concubine qui n'y voit goutte, nous savons que le souteneur jouit de relations solides dans le Milieu : en moins d'une semaine, il recrute des voyous, les dirige sur Shamar. Avec l'ordre de lui jouer un tube de Cheb Khaled, si cela peut se dire…

— Malheureusement pour lui, l'interrompit Max Lannoy, le mac, qui cumule ce rôle avec celui de militant, ne se doute pas que sa peau est non moins recherchée que celle d'un croco…

— Exactement, car il est trucidé.

— À mon avis, reprit Max, le lien qui existe entre sa mort et celle de Mazumbuko réside dans le commanditaire. C'est la même officine : les services secrets kalinais. Ces services veulent sa peau, car ses prestations à la radio ternissent l'image de marque du maréchal et de sa clique. Sinon, qui aurait intérêt à fabriquer un faux, aussi raté soit-il, mais susceptible de pousser Mazumbuko au désespoir ? La réponse saute aux yeux. Il nous faut découvrir la main du crime.

— Tu sous-estimes, mon cher ami, le témoignage de la Mésange, intervint Jacques Mayotte : Jim a menacé Masumbuko de pires maux à quelques heures de sa mort. Il y a eu préméditation, une préméditation aggravée par sa bonne connaissance de l'état dépressif de son protégé. Qu'il mijote de quoi lui forcer la main en rajoute sur sa volonté de nuire : il n'avale pas que le garçon ait chipoté dans sa calebasse. N'oublions pas que le manager sait dans quel merdier patauge son poulain sur le plan administratif. Mets-toi à la place du gigolo à qui l'on arrache sa poule aux œufs d'or !

— Non merci, répliqua Lannoy de son ton caustique. Ton hypothèse ne tient pas debout. Jim bénéficiait de notre hospitalité depuis vendredi soir. Relâché lundi matin, il ne pouvait expédier une lettre pour qu'elle tombe dans sa boîte le même jour, et ce, avant midi. On n'est pas en Amérique, mon vieux. En plus, le gars carbure façon sixties : il n'a pas de fax !

— Le chronopost, tu connais ?

— Déconne pas ! Notre client n'avait pas l'esprit serein en partant d'ici pour y penser.

— Revenons à l'essentiel, trancha Cardoso : Shamar, corrigé, est étranglé dans son lit d'hôpital. Sa mort nous conduit à cet autre acteur du drame : Tofla. On peut supposer que Danga ne faisait pas l'unanimité dans le Milieu : parachuté, il ignore les règles du métier, dérange avec ses… comment dis-tu, Jacques, pour les prostituées débutantes ?

— Pétasses !

— Merci. Je repends mon idée : Danga dérange avec ses filles de couleur. Pour une raison qui nous échappe, Tofla est chargé de le racketter. Mais, au moment de passer aux actes, il s'aperçoit que la machine est grippée : Shamar, l'outil indispensable du chantage, loupe son rencard, reçoit une dérouillée, passe au billard et risque d'intéresser la police. Le gang, déboussolé que cette cascade d'événements survienne la même nuit, le sacrifie. Tardivement. Car le moustachu s'est déjà dégonflé…

— Impec comme raisonnement, estima Lannoy. Grâce à cet exercice, nous savons qui a tué le guignol, quoiqu'il nous reste à l'établir… »

Les roussins entendirent, sidérés, le bourdonnement d'un moustique. L'intrusion de l'insecte dans un black micmac perturbait, d'autant plus que la brigade s'embourbait dans un cloaque hanté d'ombres, de parrains insaisissables. Des regards pressants, suppliants, se dirigèrent de la bestiole au stagiaire, et de celui-ci à l'agent présumé de la malaria. Max Lannoy, ressentant l'attention convergée sur sa personne, respira profondément avant d'enchaîner :

« Shamar t'a brossé un portrait de Tofla : métis eurafricain, sec, pommettes saillantes et tiquant de l'œil.

— Impossible de le confondre avec le fils de sa mère, plaisanta l'Antillais. Encore moins avec l'infirmier, je veux dire la peste au walkman.

— Exact. J'ai le sentiment que le métis utilise un pantin pour ne pas se noircir les pattes. L'existence de ce comparse peut se prouver : Tofla – à supposer que ce soit lui qui tenait le volant – ne pouvait piloter la Volvo et prendre en même temps la pose de la fellation. Pourquoi donc Shamar n'a-t-il pas parlé de ce complice au divi ? L'explication se trouve dans sa stupeur en le voyant débarquer dans sa chambre : il l'avait déjà vu. Sans s'imaginer qu'il composait avec Tofla. Où l'a-t-il vu ? Voilà le hic. De mon point de vue, le tueur est également l'auxiliaire de Tofla : on ne change pas à la légère ce genre de personnel. Choper ce morpion, c'est neutraliser Tofla.

— J'épouse ta déduction, concéda Jacques Mayotte. Une question cependant : qu'a fait Shamar de la liasse reçue ? À moins d'être siphonné, on ne flambe pas deux briques cinq en un tournemain. Or, d'après ce que nous savons, le Noraf ne gazait qu'au cafeton !

— Bonne remarque, et c'est là que tu interviens : résous-moi cette énigme, perquisitionne sa piaule, demande à son patron à quelle banque il versait son bifteck, trouve-moi par où sont passés ces billets !

— Ça nous mène à quoi ? questionna Max.

— Au distributeur automatique. Ce financier occulte, j'en suis persuadé, fricote ce plat indigeste dans l'ombre. L'identifier résoudrait le mystère. S'il s'avère que les tickets ne proviennent pas du circuit officiel, preuve sera faite qu'ils émanent de trafics illicites. Du baroud pour démanteler le réseau… »

Le Porto ne bougea pas au terme de son intervention. Le regard vague, il plongea dans une longue rêverie. Son visage afficha peu à peu une expression grave, renfrognée, ses lèvres se plissèrent. Silence lourd. Jusqu'à ce qu'il mette fin à son absence d'un secouement de tête, non sans intriguer la table sur ce qui l'avait accaparé :

« Tous ces Blacks m'ont l'air d'interpréter un show funeste. De Danga à Fatou, en passant par Jim, le rappeur et qui sais-je encore, j'ai l'impression de revivre quelque chose d'enfoui en moi…

— Sauf qu'il y a Shamar, Khadija et le métis Tofla, cafouilla Lannoy.

— Des pantins. Comme dans ces rites immuables

de sacrifices humains : batteurs de tam-tam et danseurs au parfum se dépensent des heures durant dans une sorte de folle farandole. Méconnaissables par leurs masques, ils chantent, tournoient, déversent des tonnes de sueur. Sans trahir leurs sentiments : ils connaissent la victime. Sacrifiée pour une raison irrationnelle de notre point de vue…

Les agents dévorèrent l'inspecteur pendant qu'il parlait et se levèrent, troublés, après sa réflexion. Les origines marquent l'homme.

Mercredi 18

La levée du corps de Danga eut lieu mercredi matin à l'Institut médico-légal. La délégation du POK, forte d'une douzaine de membres, se substitua à la famille du défunt. Max Lannoy, qui était chargé de couvrir la cérémonie, releva la présence de deux journalistes du *Coq Gaulois*, quatre envoyés du Front Révolutionnaire Pan-Européen ainsi que d'une dizaine d'Africains. Absence remarquable de la tantine. Elle devait mal digérer sa rancune. Autre absence notable : la horde de prostiputes pédégée par Danga. L'ingratitude. Khadija, dignement parée dans un ensemble de deuil, côtoyait deux Kalinaises aux cheveux défaits. Tristes et pleurant à fendre le cœur, les amazones tranchaient avec les mâles. Ceux-ci comprimaient leurs mouchoirs sans arrêt, question de suggérer leur utilisation sur des yeux taris. Le détective se promit d'identifier les sirènes.

Le corps fut mis en bière après une courte oraison d'un curé black. La prière terminée, l'assistance s'ébranla vers le cimetière. Max Lannoy se proposa de transporter les deux nanas, mais elles préférèrent la Xantia d'un compatriote. Qui se ressemble s'assemble, résonna une voix nasillarde en écho. Force lui fut d'embarquer deux messieurs en costard au risque de ruiner le monopole de solidarité revendiqué par la couleur dominante.

Incident avant l'inhumation : un pokiste s'échappa tout à coup de l'attroupement formé autour de la tombe et bondit sur un accompagnateur du stagiaire. Crochet dans la gueule, han ! Une taupe de l'ambassade kalinaise. Encore un han ! – cette fois dans la panse – pour sanctionner l'immixtion dans les affaires étrangères. L'attention se déporta du cercueil à l'espion, qui fut encerclé par une meute déchaînée.

Trapu et disgracieux à la caricature, l'intrus exposait un embonpoint qui débordait de la veste. L'air avachi par des bajoues en croissance libre, la mine arrogante, il semblait avoir chié la colonne Vendôme. Sa charge, enfonça le pokiste, consistait à pister les grandes gueules de l'opposition. Quitte à souligner la nuisance de tel ou tel individu dans les B.I., les fameux Bulletins d'informations qu'il faxait aux instruments de la dictature. Les hiboux harcelaient dès lors la famille de l'insoumis au pays. Jusqu'à ce que celui-ci tourne casaque ou la boucle. À mort les tyrans et leurs laquais !

Des dizaines de bras s'abattirent sur le mal bâti. Mais le coquin, blanchi sous le harnais de la répression, distribua à son tour des horions. Le nombre eut cependant raison de sa résistance.

Le speech du camarade Kalubi déclencha les gémissements du trio féminin par son ton macabre. Les absoutes furent suivies d'un requiem conviant plus à une démonstration du soukouss qu'à la méditation. Max Lannoy s'agita brusquement pendant l'oraison finale : un quidam jusque-là discret ressemblait à s'y méprendre au croquis de l'infirmier bidon. Il avait débarqué pendant l'entracte avec une couronne garnie d'un message indécent : « Très cher Danga, les adieux en cadence de tes potes. » Quelle idée de cadencer à un tel moment ! Même le curaillon dansotait selon le rite folklorique kalinais. Enfin, c'était bien le tueur du centre hospitalier. Chaussé en prime de ses bernicles noires. L'interpeller causerait la pagaille, vu la séquence précédente.

Le cercueil sous terre, le cortège se dirigea vers la sortie. Tout en ne perdant pas sa cible de vue, le flic fut approché par les deux ménesses. Elles voulaient qu'il les raccompagne. Le délégué général du POK, sa hargne anticapitaliste mise en sourdine, appuya la demande en prétextant les dragues malséantes du premier convoyeur, ce qui empêcha le stagiaire de se dérober. Celui-ci vit alors le rappeur s'armer de son walkman et se traîner vers la Volvo !

« Ou ce fanfaron est dingue pour s'afficher avec une voiture recherchée ou il nargue la police », grogna-t-il entre ses dents.

Les deux femmes allaient au fin fond du département. La plus sexy s'assit à sa droite, le pagne remonté jusqu'aux mollets, l'autre s'installa à l'arrière dans le champ du rétroviseur. Provocantes. Une explication aux avances du pilote d'avant. La mine abattue des passagères mit le taxi d'occasion en demeure de les ambiancer :

« N'est-ce pas chez vous qu'on organise une semaine de deuil quand un proche est mort ? Pourquoi ne le fait-on pas pour ce cher Danga ?

— Le pauvre n'avait pas de famille, répondit la voisine d'une voix larmoyante.

— À ma connaissance, les amis du défunt peuvent suppléer sa famille en offrant le verre d'après l'enterrement…

— Mais, dis donc, s'excita la femelle en dénudant ses jambes, t'as été au Kalina pour si bien connaître nos coutumes ? »

Le limier expédia la baladeuse sur le gigot narguant son devoir de réserve. Elle remonta le pagne millimètre après millimètre. Jusqu'à ce qu'elle provoque des gloussements, un rire étouffé, un éclat.

« Qui était, pour vous, monsieur Danga ? reprit-il.

— Un patron doublé d'un copain, intervint l'arrière central. Et pour toi, c'était qui ?

— Un bon vivant. D'une grande ouverture d'esprit. Pas comme ces loupes d'écaille qui vous soûlent avec des discours ressassés en comité restreint. Vous faisiez quoi avec lui ?

— Du bizness. Maintenant qu'il n'est plus, ça va pas être la joie. Dis donc, Salima, t'as vu cette pourriture de Kodjo avec son walkman ? »

L'interpellée répondit par l'affirmative, non sans relever la trouille que lui inspirait ledit Kodjo. Diamante – c'était le prénom de la perle – la rassura : finis les rallyes punitifs dans le coffre de sa voiture, les amendes sur leurs cachets, la terreur irrépressible à sa seule vue.

L'inspecteur klaxonna d'émotion : l'âme damnée de Tofla venait de livrer son nom. Sans s'en rendre compte, il pinça la jambe galbée en fixant le rétroviseur comme s'il sollicitait le feu vert du siège arrière.

« T'as pas à consulter Salima pour me faire des mamours. J'adore les gouzi-gouzi. Une idée : si on allait prendre un pot, on ferait plus ample connaissance, tout en sifflant le verre d'après l'enterrement…

— C'est qui cette merdouille, protesta Lannoy, hors gamme. Ton abonné ?

— Avec son haleine à provoquer une fausse couche ? Kodjo est l'acolyte de Tofla, le lieutenant de l'associé de Danga. Contrôleur général, gorille, barreur. Il cumule les charges au point de s'occuper maintenant de la caisse. Le big boss, lui, s'appelle Papa Coulibaly. Il ne nous aime pas, parce qu'on est performantes au caillou. Danga et lui se querellaient souvent ces derniers temps. Question fric.

— Qu'est-ce que vous faites au juste, réitéra le poulet en ne quittant pas le rétro.

— Hôtesses de charme, déclama Diamante. Et toi, beau gosse à la peau douce ? »

L'inspecteur éluda par un waouh ! enthousiaste. Hôtesses de charme ! À chaque époque ses mystifications. Le trafic exigeant une attention soutenue, il s'accrocha à la conduite en cogitant sur les confidences.

Entre Coulibaly et Danga existe un modus vivendi. Jusqu'à ce que le Kalinais introduise ses sex-machines dans la putasserie. Les traînées, d'un physique endurci par les rigueurs tropicales, fonctionnent à coups de yoyos. Danga, qui veille à sa retraite, rabiote le pain de fesses sans se soucier du préjudice causé à la boîte. Dans un sursaut de survie, Coulibaly fouine dans le moulin, tombe sur le détournement. Les tigresses bétonnent sa déception en se liguant avec l'indélicat. La décision tombe : récupérer le fric indûment perçu. Shamar, chez qui l'intendance découvre une raison d'en vouloir au Black, lui offre l'occasion de franchir le pas. Il est bousillé. Par ce coyote…

« Banco pour le verre, lança-t-il après coup. D'ici là, soyez sur vos gardes : Kodjo nous suit depuis un moment… »

Les copines s'affolèrent, tandis que le détective entamait un slalom hasardeux. Un kilomètre plus loin, son poursuivant se collait toujours derrière lui. Irrité par cette chasse attentatoire à son privilège de fileur agréé, il stoppa net sur la bande de gauche, s'éjecta dehors. Flingue au poing. Kodjo, qui s'était également arrêté, exécuta une marche arrière sous un concert de klaxons. Le volant braqué à droite, il appuya sur le champignon et entreprit de doubler la charrette gênante du mauvais côté. Coups de frein, suivis de petites accélérations en vue de négocier le créneau, tout en évitant chauffards, routiers pas sympas, et de traverser la chaussée en diagonale, sans bobo, pour atteindre le couloir des autobus.

Passant au niveau du stagiaire, il lui balança une boule. Le temps d'aviser qu'elle déroulait ses tentacules et planait, le flic actionna sa DCA portative. La première balle se logea dans l'aile gauche de la Volvo qui filait à pleins gaz dans le corridor réservé, l'autre pulvérisa l'OVNI. Le bidule s'écrasa par terre en répandant des plumes : un pigeon aux pattes ficelées.

L'inspecteur se frotta les yeux, incrédule. Tandis que des automobilistes lui reprochaient du regard sa gâchette facile. Au constat que son suiveur avait disparu, il retourna à sa bagnole. Désarçonné. Il explora les alentours, ouvrit la boîte à gants, rabattit les sièges. Personne. Les deux nanas s'étaient envolées. Il fonça jusqu'à l'endroit convenu pour les déposer. Aucune trace.

Jim Bafoussa consulta la pendule en pénétrant dans le séjour : comme après sa précédente relaxe, elle indiquait dix heures. Il n'avait plus qu'à prendre une douche, becqueter, courir à l'agence. La trime.

Outre son calendrier à respecter, la masse de travail s'accumulait, sa bobonne bronzait au diable, un macchabée gelait à la morgue et, loi des séries oblige, la brigade venait de le relâcher au prix d'un pointage matinal à durée indéterminée. Avec la menace de le coffrer à chaque fois qu'il n'aurait pas montré ses molaires à un agent de service. Plus que jamais, il flairait l'utilité d'un assistant. Que sa greluche soit à ses côtés, nul doute que des solutions auraient été trouvées à ses tracas. Plus que dix jours pour distribuer les tracts dans le ghetto kalinais, sillonner les boîtes et restos blacks, les salons de coiffure, les postes FM du département et des environs afin de sensibiliser le public.

Quant à Masumbuko, la question ne se posait pas tant au niveau du blé : quelles que soient les relations entretenues avec le trépassé, on crache. À plus forte raison quand il faut l'inhumer ou le rapatrier. Oui, le rapatrier dans la soute d'un zinc, en colissimo, avec l'assurance que livraison sera faite via un avis d'arrivée dans une boîte aux lettres. D'où le hic : à quelle adresse ? Car Masumbuko Mateso, hors de son ex-université, était un clodo à la mode du Kalina : un « phaseur ». Autrement dit un cobaye voué à subir les moustiques engendrés par trente-six ans d'hygiène zéro. La décolonisation, c'était aussi ça. Prendre tout à contre-pied. À l'ancienne. Dans un cadre écolo intégral.

Las de se triturer la boîte à fantasmes, le big-manager se fit violence en tubant Fatou. Après tout, le disparu était leur connaissance commune ; mieux, son doudou « cadavéreux ». Ils devaient assumer leurs responsabilités.

La Franco-kalinaise accepta l'idée d'une rencontre à condition de ne pas remuer le passé. Le couple discutait du moment propice, Fatou exigeant qu'il ait lieu à quinze heures, sous prétexte qu'ils traiteraient désormais au grand jour, lorsque le signal d'appel résonna dans l'écouteur du big-manager. Il pria l'intraitable de rester en ligne, régla son compte au correspondant, puis revint à la cocotte : sa proposition l'arrangeait !

Absorbé par son travail, Jim sursauta à quelques minutes de son rencard avec Fatou et s'élança dehors. Pour apercevoir la gazelle, réglo comme une montre suisse, entrer à pile dans le café du coin. L'invivable accueillit le retardataire avec une réflexion sur la ponctualité et, sans transition, lui demanda d'en venir au fait. Jim joua cartes sur table, ce qui accorda leurs violons sur l'ordre du jour : on enterrerait le mort plutôt que de l'expédier à l'inconnu.

Dans son ravissement, le big-manager avoua un autre écueil : Masumbuko avait souillé son bureau en y cassant la pipe ; il fallait vite exorciser le local, sinon ses bizness en pâtiraient. La conseillère honoraire plissa le front dans sa recherche d'une solution. Croyant l'avoir vexée, Jim perdit le sourire alors que Fatou semblait prendre la salle à témoin sur sa stupidité. Quand elle reporta le regard sur le balèze, la mine défaite de celui-ci l'attendrit. Elle consulta son carnet d'adresses, lui dicta un nom : qu'il contacte le féticheur et paie plein tarif s'il veut des retombées rapides. Le couple s'apprêtait à lever l'ancre lorsqu'une voix éraillée résonna à l'entrée :

« Décidément, ce malabar n'est pas encore sorti de sa brousse. Toujours acoquiné avec cette garce de Kalinaise ! »

Sonia se dirigea vers la table avec l'intention de mettre le holà à l'entretien. Malgré sa petite taille, elle donnait l'impression de ne jamais subir une situation. Peau hâlée façon « poulet télévisé » (termes exprimant l'appétit de Badalabougou, le quartier populaire de Bamako, devant les toubabesses bronzées), blonde et rouge à lèvres utilisé à outrance, la damoche dégageait un air folklo accentué par son ensemble afro. Son visage accusait l'obstination et ses yeux, d'une froideur polaire, déroutaient. À la voir, on devinait qui décrétait les heures sup à l'Agence 2B.

La face de Jim devint cendrée alors que Fatou affectait une mine offensée :

« Vous utilisez un langage excessif, rétorqua-t-elle après un temps mort. Je suis par ailleurs française et non kalinaise, okay ?

— Si vous êtes française, cartonna l'intruse de sa voix rauque, alors moi, je suis pygmée ! »

Et d'allonger une claque à la compatriote. La

salle se fendit la gueule devant le vaudeville, tandis que l'arrivante souillait le CV de la voleuse d'hommes. Vu le programme, les garçons de salle, plateaux en main, décrétèrent un arrêt de travail sauvage. Fatou se remit de la mandale en passant une main sur la joue mise à vif. Elle couvrit les rigolards d'un regard de cannibale, question de les convaincre de garder leur neutralité, puis expédia la provocatrice au tapis. Elle s'en prit ensuite au mari :

« Tu m'as fait venir pour que je tombe sur cette connasse ?

— Il y a méprise, Fatou. Je ne savais pas que mon épouse était rentrée.

— Menteur au cube ! glapit-elle en lui filant une baffe. Tu paieras cher ce nouvel affront. Pour commencer, je retire mes engagements. Réglez vos problèmes en couple. »

Fatou casqua ses consommations et ficha le camp. Le big-manager laissa passer l'orage avant d'expliquer à sa compagne la raison de la rencontre.

« T'as tout gâché !

— De Roissy, je suis passée au SRPJ où j'en ai appris sur ton compte : tu as couché avec cette chipie à la maison. Quelle honte !

— Faux. Je t'expliquerai plus tard. Cette femme était euh… la maîtresse de Masumbuko, et ce pauvre bougre est mort. J'essayais de régler le problème de son enterrement. Qu'est-ce qu'on va faire ?

— L'enterrer. »

Jacques Mayotte revécut ses premières années dans la brigade. Après vingt-cinq ans de service, il aurait dû s'exposer en première ligne, servir de fer de lance à la brigade. Mais son impétuosité l'avait conduit dans un placard, où il gérait le travail de ses collègues. Voilà que le Porto le réhabilite ; une occasion de prouver à ces morveux qu'il reste une référence. Il se rendit au domicile de Shamar.

Quelle purée ! s'exclama-t-il devant la porte défoncée. La dévastation du studio révoltait : lustre cassé, mobilier brisé, cuisine et vaisselle saccagées. Un sinistre. Sous les tropiques, pensa-t-il en revoyant les images d'un reportage télé, les pilleurs d'un émigré européen vivant en marge des oukases du FMI emportent frigidaire, cuisinière, bidet, chiottes avec un leitmotiv : priver le bwana de son confort. Mais là, ça transpirait la casse gratuite. La fouille des décombres ne rapporta que dalle. Par acquit de conscience, il examina le matelas. Des fois que le locataire l'aurait converti en coffre-fort. La recherche échoua. Rien dans le mur dégarni qui puisse rappeler, même à échelle réduite, la caverne d'Ali Baba. Nib aux vécés. Que tchi dans l'ensemble.

À la société import-export où trimait Shamar, le patron anéantit ses espoirs : son employé touchait son traitement en espèces depuis deux mois. Il avait choisi cette formule afin de contourner l'éventuelle saisie-arrêt de la pension destinée à sa sauterelle. Le manutentionnaire avait juré de ne plus suer au cas où ses appointements iraient engraisser l'amant de son ex-épouse.

Les collègues du défunt gardaient de lui le souvenir d'un keume dévot. Shamar se contentait d'un sandwich-merguez à la pause de midi, buvait de l'eau plate, remerciait Allah pour les mistoufles qu'il lui réservait. Ce brave garçon, un pervers ? Les ouvriers protestèrent véhément. C'était quelqu'un de droit, malgré sa démarche bancale.

À la banque du défunt, l'enquêteur apprit qu'aucun mouvement n'était intervenu depuis deux mois sur son compte. Le titulaire appartenait à la catégorie des clients dont les comptes de dépôt, exclusivement alimentés par la paie, affichent après coup un solde négatif. En l'absence d'une réaction de sa part, cela conduirait à sa fermeture. Descente au café de la gare.

La barmaid lui recommanda le garçon de salle, mieux placé, à son avis, pour cafarder les consommateurs assis. Le loufiat surexcita le flic : qui ne reconnaîtrait pas le Black représenté par le portrait-robot ? Son nez devrait être rectifié comme ceci, raffermir le menton comme cela… Kodjo – le serveur ignorait ce nom – passait par moments, restait le temps d'un rendève, réglait ses commandes à coups de bonapartes. Personne n'avait réussi à lui causer, mais on s'en fichait. Ses bakchichs. Avec lui, la devise de la France se transformait en produit de consommation courante. Sans gueulantes préalables de l'abbé Pierre.

« Il picolait en solo ? »

Le garçon prit un air déconfit, puis s'excusa : il avait renversé les rôles. Rectificatif. Le Négro, son éternel baladeur aux zozores, traînait toujours dans l'ombre d'un métis. Le mulâtre entrait le premier, lui venait après. N'eût été son walkman, il l'aurait pris pour un gorille. D'autant plus qu'il squattait la table voisine de celle du sang-mêlé, sans lui parler, alors que celui-ci passait les commandes et casquait également pour lui. Un tandem sympa en dépit de son manque de communication. Qui sait s'il ne causait pas français ?

« Quelqu'un venait rejoindre ces messieurs ?

— Quelquefois, comme il y a… deux semaines. Un drôle de moineau que j'ai remarqué aux Peupliers à cause de sa moustache pareille au dromadaire de Bagdad. Le zonard voulait un petit noir alors que le Rotschild le pressait de se rincer la gorge au champ' !

— Le Noir participait à ce qui se disait ?

— Jamais : il ne parlait déjà pas au mulâtre ! Et puis, il n'aurait rien entendu avec ses écouteurs… »

L'inspecteur nota l'importance du tuyau : Shamar avait vu Kodjo dans le bar. Sans soupçonner qu'il était d'intelligence avec Tofla, d'où sa terreur à l'hosto.

Jacques Mayotte sortit du bar avec une idée vague dans la tête. Peu de temps après, il spéculait sur les cachettes possibles d'un déçu du système bancaire, la tirelire mise à part. Il réfléchit au problème, se mit dans la peau de la personne concernée. Les batteries à plat, il se cramponna à une lueur fugitive, plaignit son cerveau engourdi. Sa figure s'illumina à l'instant où il allait décrocher : le rat garde le magot sur lui. Dans un ourlet ou dans la doublure de sa veste. À moins qu'il ne le dissimule dans ses chaussettes. Il déboula au centre hospitalier.

Le hasard voulut qu'un infirmier en poste lors de l'arrivée de Shamar soit de service. Son témoignage ruina ses calculs : l'agressé s'était amené en lambeaux, pieds nus et sans papiers, d'où l'alerte à la police pour qu'elle procède à son identification.

Dès son retour au SRPJ, Jacques Mayotte conféra avec son supérieur. Quelque chose clochait dans cette affaire de talbins de cinq cents balles. Il les flairait sans savoir quelles mains pouvaient les détenir. Aucune raison ne poussait Shamar à les planquer : il n'était pas censé connaître leur provenance. L'oseille circulait pourtant quelque part. Les deux super-flics discutaient lorsque Max Lannoy toussota derrière eux :

« Quel turbin ! Dire que c'est pour la vie...

— Il y a mieux à faire qu'à râler », coupa le divisionnaire en lui montrant une chaise.

Et de lui résumer l'objet de l'entretien. Le stagiaire écouta d'un air méditatif. Il rêvassait encore quand le chef arrêta de théoriser. Une minute s'écoula avant de le voir remonter à la surface, puis avancer son pronostic :

« Jacques a procédé par élimination. Bonne méthode. Que reste-t-il de cette opération ? Je reprends ma question autrement : qui est susceptible parmi les proches de Shamar de recevoir un cadeau de sa part ? Au fait, patron, Khadija sait-elle que son mec a claqué ? Il faut la prévenir, car le délai requis pour l'autopsie est dépassé.

— Eh ! Lannoy, s'emporta le Porto, tu nous prends pour une messagerie funèbre ?

— Ce n'est pas là mon idée. Je voulais plutôt attirer votre attention sur ce point au cas où elle devrait l'enterrer, ce qui me paraît inévitable.

— Qu'est-ce que tu mijotes ?

— Ben, chef, tu as interrogé cette dame à deux reprises. Elle ne t'a balancé jusqu'ici que ce qu'elle jugeait inoffensif pour elle, et cela, tant qu'elle se doutait que tu savais quelque chose. Un exemple : cacher le poster dégueulasse à Danga sonne faux. Elle ne pouvait couvrir son ex-mari, sauf pour une raison qui nous échappe. Sa déclaration de la femme soumise voulait par ailleurs te préparer à des surprises au cas où tu les découvrirais…

— Tu veux dire que…

— Sinon le bide du doyen ne s'explique pas.

— Jacques, va visiter la veuve dans sa pension. Et ramène-la-moi. La série noire qui s'abat sur ses amours devient troublante. »

Jim Bafoussa laissa le téléphone sonner. Devant l'insistance de l'appel, il regretta de n'avoir pas branché le répondeur et décrocha. Presque dix-neuf heures. Encore un casse-pieds qui se manifeste à la fin de sa journée de travail ! Sa figure se tira à l'écoute du correspondant, puis s'assombrit. Il n'eut guère le loisir de placer un mot, l'autre avait raccroché. Il appela Sonia pour s'excuser d'un empêchement de dernière minute, sauta dans sa voiture.

Quelque temps après, la porte coulissante d'un palace parisien s'ouvrait devant lui. Le parquet luisant, les lustres de l'entrée, les tapisseries l'incommodèrent malgré son culot acquis à force de ferrailler avec les flics. Hésitation devant le chasseur qui venait à sa rencontre.

« Vous désirez ? demanda celui-ci au vu de la mine tranchant avec l'assurance tous risques des habitués.

— Euh ! j'ai rendez-vous avec quelqu'un, sans doute un Africain. »

L'employé n'eut pas l'occasion de le confesser. L'ascenseur cracha un boulet Bernot sur son trente et un. La cafetière du martien frappait au premier regard : étirée comme une toupie, elle conviait les bricoleurs de France et de Navarre à faire montre d'imagination pour couvrir les têtes bizarroïdes de perruques afros. Le big-manager rentra dans le temps.

Une tribu de la province orientale du Kalina pétrissait la nuque de ses nouveau-nés, en l'allongeant, afin de particulariser ses membres en cas de capture par des ennemis. Cela se passait avant l'invasion européenne. Cette coutume se transforma en signe distinctif du groupe sous le joug colonial. Le brassage des populations allait l'éteindre. Pas totalement. Puisque certains spécimens surgissaient ici et là, telles des espèces en voie de disparition, pour témoigner d'un art céphalique original…

Le dandy se dirigea vers la réception, les bras écartés style Jean-Paul II dans son rôle de pasteur universel :

« Je présume que vous êtes monsieur Bafoussa ! »

La classe. Le zigoto n'attendit pas que le visiteur eût acquiescé pour l'entraîner au bar. Il l'installa avec prévenance, commanda un champagne. Bien que surpris par l'accueil, Jim souhaita que ça baigne dans l'huile sans qu'il ait à dépocher.

Un curieux pif. Doté du même accent torride entendu au téléphone. La première fois, le gars, en mordu de ses programmations, avait souhaité obtenir des précisions sur son spectacle. Revirement lors de l'appel de dix-neuf heures : ils devaient se voir. Pourquoi, qui êtes-vous ? Esquive : on parlera d'un sujet d'intérêt capital pour le concert ; rencard à la réception de l'hôtel Pacifique dans trois quarts d'heure. Et gling ! Qu'avait-il donc de si important à lui confier ?

« Je crois que l'endroit se prête à notre entretien », dit-il en se mettant face à Jim.

La salle formait un demi-cercle autour du comptoir. Elle se divisait en une dizaine de salons séparés par des palmiers d'intérieur, et équipés d'un divan et de poufs. Intimité assurée aux apartés.

Salamalecs. Tchin-tchin. La météo. Tchin-tchin. L'hôte finit par sortir sa carte de visite : Koloké, natif du Kalina, producteur de musique. C'est moi qui, six, sept fois c'est moi qui. Dieu merci, les inventions portent des griffes en béton armé. La quarantaine et pas un cheveu blanc sur le crâne. Le drôle dépassait son hôte d'une petite tête.

Tchin-tchin. La télé hier soir. Tchin-tchin. Les indigènes ne nous aiment pas, allons les piéger dans la forêt. Passant du coq à l'âne, il en vint au principal : sa présence avec un orchestre à Paris contribue au réchauffement des relations franco-kalinaises. C'est dire l'effort financier consenti par le gouvernement négro-africain. Cependant, la production de son groupe se trouve compromise par la programmation de l'Agence double B. Conseil d'ami : il faut annuler cette programmation !

« Impossible, réagit Jim après le moment de stupeur. Mon programme est bouclé depuis les temps.

— Je pèse bien mes mots : vous devez l'annuler !

— Comment pouvez-vous l'exprimer sur ce ton ?

— Parce que je tiens à vous épargner des surprises désagréables !

— Vous n'êtes pas mon père pour vous préoccuper de ma santé, s'enflamma le big-manager. Quels désagréments ai-je à craindre ?

— Regardez autour de vous ! »

Jim sonda les alentours sans saisir l'allusion. Les yeux braqués sur son interlocuteur, il s'attendit à une explication. Mais l'impresario préféra savourer l'insinuation de son élixir dans toutes les fibres de son être. Il prit ensuite son temps et, sans atermoiements, émit un son de cloche aussi étrange que le précédent : vu le peu de cas réservé à son invite, il était prêt à tracer une croix sur son concert. À condition que l'agence produise ses artistes moyennant une commission de trente pour cent sur la recette. Aucun arrangement n'est envisageable en dehors de ce marché.

Le big-manager s'étrangla en avalant sa coupe de champagne. Cinq ans après la création de sa boîte, personne ne lui avait proposé un tel deal. Des officiels kalinais s'étaient certes intéressés à l'agence, mais cela remontait à sa deuxième année d'activité. Ces repreneurs mal embouchés avaient tour à tour projeté de la convertir en délégation de musique, puis en centre culturel. Devant son refus, ils avaient voulu l'acheter. Son intransigeance les avait refroidis, puisqu'ils n'étaient plus revenus à la charge. Ses programmations se déroulaient donc selon son calendrier, conformément à sa stratégie. Elles faisaient un malheur au sein du ghetto kalinais, dégonflaient les producteurs du dimanche. Ce mec, cela sautait aux yeux, essayait de le pigeonner.

« Votre coup ne marche pas, dit-il calmement.

— Ne vous méprenez pas sur mon compte, Bafoussa. Encore un mot avant de nous quitter : vous avez deux jours pour réfléchir. Passé ce délai, vingt-deux ! Je vous conseille vivement de la boucler, surtout à l'égard des flics. Je sais que vous fréquentez ceux de Pont-la-Montagne. Toute indiscrétion de votre part risque de vous nuire. Ciao ! »

L'impresario s'en alla régler la note avant de disparaître dans l'ascenseur. Craignant l'existence d'un rapport entre cette rencontre et les événements récents, Jim courut à la brigade. L'agent du service d'accueil l'envoya déposer sa plainte à la police ayant la juridiction sur le lieu du délit. Au commissariat concerné, il lui fut signifié qu'il n'y avait pas matière à poursuites, rien ne disant que les menaces proférées seraient suivies d'effet.

Jim se confia dès lors à sa femme. Sonia vit la main de Fatou dans cette tentative de racket et le persuada de saisir Max Lannoy. Retour au SRPJ avec l'intention de ne pas impliquer la tantine. Il l'avait pas mal subie pour la tenir hors de ses plates-bandes. L'inspecteur stagiaire, dont c'était la soirée de permanence, lui prêta une oreille attentive.

Jeudi 19

La recherche de la Volvo occupa la une du *Coq Gaulois* de jeudi. Les supputations du reporter conduisirent à penser que le proprio de la voiture était impliqué dans l'assassinat de Danga. Le quotidien rapportait également le meurtre, au centre hospitalier, de l'ex-mari de la concubine du pokiste sans établir un lien solide entre ces faits.

Le factionnaire de nuit lisait le canard en attendant la relève. Surpris par Babylone qui entrait en s'enquérant si l'on avait capturé les truands, il haussa les épaules. Blasé. Leur corps de métier fructifiait son crédit à force d'alpaguer les malfrats, jour et nuit, depuis Philippe le Bel. Sa surprise tourna à l'embarras lorsque le bricard réapparut en compagnie d'autres agents. Le groupe, tel un chapitre de croque-morts, interrogea à voix basse le côté opposé de la rue. Le vigile suivit les regards et, dans son incrédulité, écarquilla les yeux.

Il occupait son poste depuis minuit et n'avait rien remarqué. Son rapport, à supposer que cette vacherie n'ait pas eu lieu, se serait borné à trois mots. Invariables. Rien à signaler. Comment, par qui, à quelle heure cette voiture avait été garée là ?

Jacques Mayotte entraîna la troupe vers le véhicule suspect. Dans sa tête, des questions sans réponses tourbillonnaient. La clé de contact se trouvait à bord, les portières fermées. Un policier forçait celle du conducteur lorsqu'un gamin s'approcha de la flicaille :

« Ce monsieur m'a demandé de vous remettre ceci », dit-il en tendant un bout de papier qu'il utilisa pour indiquer sa provenance.

L'envoyeur se cachait ou avait pris la tangente. L'inspecteur arracha la note griffonnée dare-dare, et claironna la retraite générale. Le groupe retraversait la rue quand la Volvo explosa dans un bruit de tonnerre. Des vitres volèrent en éclats et des passants, trahis par les promesses électorales sécuritaires, coururent dans toutes les directions. Embouteillage monstre et tentatives chaotiques de s'en dépêtrer. Des agents cernèrent le point chaud.

Le Porto apparut dans la foulée, tourneboulé. Jacques Mayotte lui refila le mot sans commentaire. Un pied de nez : « Merci d'accepter ce feu d'artifice, mais déguerpissez en cadence avant qu'il ne soit trop tard. » La bagnole s'embrasait au moment où les pompiers débarquèrent en fanfare.

« Le préfet va piquer sa crise d'autorité, souffla Cardoso à son adjoint. Il faut arrêter ce cirque. Nous braver à domicile ! »

Deux policiers du secteur concerné surgirent à l'hôtel Pacifique aux premières heures de jeudi. De leur constat, il s'avéra que le sieur Koloké ne figurait pas sur le registre des entrées. Ce registre, gros cahier destiné aux écritures de caisse, servait accessoirement de fiche de police en dépit de sa suppression officielle. Plusieurs personnes avaient pourtant vu la citrouille caricaturale crâner dans les couloirs, trôner au bar, s'y multiplier au point d'en garnir le décor.

Max Lannoy descendit sur place dès qu'il fut en possession de ces éléments. D'après lui, Koloké ne pouvait se pavaner sans couverture à l'hôtel, sinon il se serait montré discret. Briefing avec le service d'accueil.

Il ressortit de cette séance qu'un diplomate kalinais avait loué une chambre, pour une semaine, dix jours plus tôt. Dès le lendemain, sa crèche avait servi de cadre à un pèlerinage officié par Koloké. Parents, fidèles de l'ambassade, compatriotes s'étaient relayés jour et nuit. Pas une seule fois on n'avait vu le client s'exposer dehors, sa bouffe et ses bouteilles de scotch se consommant à guichets fermés. Trois jours après, un calme plat s'était substitué à l'agitation. Maintenant que la question se posait, le personnel n'excluait pas que le diplomate, après un départ furtif, ait cédé sa chambre à une tierce personne. Ce genre de passe était interdit, mais incontrôlable.

Un doute saisit l'inspecteur stagiaire au moment de partir. Soulevant la tête, il consulta la caméra de télésurveillance et la montra au réceptionniste :

« Peut-on visionner les films de ces derniers jours ? »

La projection eut lieu dans le PC du service de sécurité, plongé pour la circonstance dans le noir. Les prises balayent le hall ainsi que la partie du bar contiguë à la réception. Elles sont nettes, éminemment hi-fi. Le personnel de service, les clients, les pauvres diables qui s'approchent du palace avant de reculer, s'offrent en pâture aux caméras. Impossible de finasser avec l'œil électronique dès qu'on pénètre dans son champ de mire. À défaut de signer le registre du trois-étoiles, les passants enrichissaient ses archives.

Dans la valse des allées et venues propres à un grand hôtel, Koloké apparaît parmi les premiers visiteurs du diplomate. Les masques se succèdent à un tel rythme qu'il y a matière à questions : gâteaux ou dépouilles à partager, actes d'allégeance ou comptes rendus de mission, visites de courtoisie ou sollicitation d'un piston ? Une certitude cependant : le haut fonctionnaire est un manitou, dont la seule présence rameute la faune kalinaise. Du chargé d'affaires au quémandeur de thunes.

La tête étirée domine ses congénères par son gabarit. Tiens donc ! Le tartarin de l'ambassade. Le bras droit en écharpe et le visage couvert de sparadraps depuis l'accrochage de la veille, il sort de l'ascenseur, poireaute dans le hall. Son impatience le rend tendu. Voilà qu'il s'agite au bruit de l'appareil, fonce vers la sortie : Koloké s'en extrait en compagnie de… Fatou Karibu !

« Chat alors ! s'exclama l'inspecteur : il n'y a que les montagnes qui ne se rencontrent pas. »

Le pseudo-producteur fait les présentations. Les deux moineaux se saluent d'abord cérémonieusement, puis s'embrassent, s'esclaffent, s'éclatent comme larrons en foire. Koloké croit rêver : il ne savait pas que ses compagnons se connaissaient. Fatou adopte aussitôt une mine tristounette et désigne le bras handicapé. Rire cochon de l'intéressé. Prenant un air docte, l'avorton relate ensuite une version édulcorée de son lynchage du boulevard des allongés. Stupeur de la tantine. Le trio débarque au bar, sable le champagne. La joie des retrouvailles pète sur les visages.

Quelques séquences plus loin, trois ménesses débarquent de l'ascenseur et rejoignent la bande. Le monde est vraiment petit, murmura Max Lannoy en maîtrisant son émotion : Diamante et Salima sont reconnaissables, la troisième nana lui est aussi inconnue que Miss Brousse. Peut-être s'agirait-il d'une autre victime de Danga. L'accueil de Fatou est froid, ce qui n'empêche le cercle de s'élargir. Champagne. De quoi alarmer le gérant s'il puise dans ses réserves. On est dimanche, la deuxième nuitée du diplomate.

Koloké, toujours le colossal Koloké les quarante-huit heures suivantes. Le forestier, qui a quasiment élu domicile au Pacifique, n'a guère besoin d'un badge pour se glisser derrière le comptoir. Mercredi en fin d'après-midi, il accueille Fatou à dix-sept plombes cinq broques. Le couple s'installe au bar pendant une demi-heure, puisque la naturalisée repasse devant la caméra trente-cinq minutes après et se casse. Le big-manager se manifeste à son tour deux heures plus tard et ressort du palace, démonté, à vingt heures cinq.

Ces navettes titillèrent l'inspecteur par leurs allures contre nature. Il est vrai, pensa-t-il, qu'on tend à oublier que le record des pronunciamientos revient à l'Afrique depuis des décennies. Coups d'État, complots, blocages, élections à 99% (pourcentage rabaissé à 49,9 afin de légitimer la dictature des « mouvanciers ») et, le fin de fin, un HCR des plus clean qui s'encanaille avec une assemblée hors la loi, toutes ces acrobaties procèdent d'une forme de magouille perfectionnée. Le nègre béni-oui-oui appartient à la BD. Tous, à surveiller à la loupe. Vingt-quatre heures sur vingt-quatre.

Le flic demanda qu'on lui repasse la séquence de la sortie de Fatou. Pas de changement au décor : l'ascenseur s'ouvre sur la roulure en train de se libérer de l'étreinte de Koloké. Comment pouvait-elle chômer avec son bonus de charme canaille ? Le policier visionna de nouveau l'arrivée de Diamante et Salima, puis obtint qu'on lui fasse une copie du document. Il donna ensuite deux coups de grelot ; le premier pour convoquer Jim, l'autre à la brigade pour qu'on lui chope la Fatou. En avant la musique !

Max Lannoy regagna son bureau, tourmenté par l'impasse dans laquelle s'enlisait l'enquête. La première police au monde tenue en échec par des Blacks ! Qui pis est, des têtes qui accumulent le déficit d'imagination sous les cocotiers. Cependant, il ne se voyait pas perdre la face devant Koloké. De même que toute cuirasse recèle un défaut, le larbin devait posséder un point faible.

Le stagiaire se creusa la tête. Une idée diffuse le taraudait sans qu'il ne parvienne à la saisir. Koloké, toujours ce personnage antipathique. Il en était venu à le prendre en grippe sans savoir pourquoi. Peut-être à cause de la concurrence qu'il menait contre le musée de l'Homme à force d'exposer son mufle tous azimuts. Au fait, se demanda-t-il, comment peut-on approcher un gars aussi déplaisant ? L'intérêt. Les mêmes intérêts. Professionnels, sentimentaux ou autres. L'explication lui parut si évidente qu'il s'en voulut de n'y avoir pas pensé : en tant que producteur de musique, le Kalinais devait trimbaler sa bobine marque déposée dans les milieux du show-biz.

Max Lannoy regagna précipitamment le bureau. Pour constater l'absence du divisionnaire et de son adjoint. Il fit part aux brigadiers de son plan. Primo : alerter la DST pour qu'elle filoche le type de l'ambassade. Selon lui, ce numéro se trouvait au centre des affaires en cours. Sauf erreur d'appréciation de sa part. Secundo : neutraliser Koloké dans les plus brefs délais, sinon un coup tordu serait à craindre lors du spectacle de l'Agence double B.

« Dis donc Max, objecta Babylone, comment va-t-on dénicher ce crâne de tchadanthrope dans la mêlée black francilienne ? J'ai lu quelque part un truc qui ressemble à un gag : sur les six cents bistouquettes d'un village ouestaf, trois quarts d'entre elles opèrent en région parisienne. Il paraît même que le ministère de l'Intérieur ne dispose pas de chiffres exacts sur la communauté noire…

— L'État s'interdit de ficher les habitants selon qu'ils sont blacks-blancs-beurs. Même si, avec un nom style Pupu Muntu, on devine l'appartenance ethnique du pistolet. S'agissant de notre gars, son identification est possible. Car son job l'oblige à fréquenter certains milieux, singulièrement kalinais. »

L'Antillais s'absenta un moment avant de revenir avec le guide *L'Afrique à Paris*. Max Lannoy prit l'ouvrage et le parcourut en diagonale : l'édition, vieille de dix ans, ne pouvait les dépanner.

« Dans ce monde-là, ça change à la vitesse du son. Un commerce prospère capote toujours. Ils bouffent le chiffre d'affaires, jonglent avec les approvisionnements et, quand ça gaze au mieux : la clé sous le paillasson ! T'es d'accord avec moi, Bissainthe ? »

Le guide servirait toutefois à la localisation des

restos kalinais. Problème : comme chez les clandos, l'underground black est soumis à la loi du silence. On n'y livre guère de tuyaux sur le client plein aux as, et le blanc-bec devient vite cheulou quand il pose des questions. L'impasse. Mais Babylone contourna la difficulté : à partir de la photo tirée de la vidéo de l'hôtel, demander à deux reporters de ses amis quels endroits fréquente Koloké.

« Ces photographes tournent depuis longtemps dans les coulisses blacks. Avec leur concours, le père Koloké, c'est du tout cuit. Entre nous, ne croyez-vous pas que son blase serait une kalinisation de Davy Crockett, le trappeur de la BD ?

— C'est peut-être la raison pour laquelle je ne peux pas le piffer », conclut Max Lannoy en levant la séance.

La Volvo livra ses secrets deux heures après l'explosion : fausses plaques d'immatriculation, disparition non signalée en cas de vol.

Le concessionnaire de la marque fut on ne peut plus clair : il n'avait pas vendu le modèle dans la ville. La crise. Et d'évoquer une circulaire du constructeur selon laquelle ce modèle faisait l'objet d'un trafic croissant vers l'Europe de l'Est et, chose moins connue, vers l'Afrique noire.

Dans les deux cas, les pays destinataires ne peuvent renouveler leur parc automobile à cause d'une balance de paiements déficitaire. Or la demande de grosses cylindrées s'emballe en Afrique, où les Coréens, occupant un terrain déserté par les Occidentaux, règnent en maîtres. Les pays rampent, mais des pontes casquent pour rouler dans d'autres mécaniques que la Hyundai. Dans ces paradis du recel, où la possession de biens traduit le rang social, une voiture populaire, aussi luxueuse soit-elle, rappelle la Trabant. C'est dire le pactole qui sommeille dans ce trafic. Des gangs l'exploitent avec des complicités locales haut placées, d'où la difficulté de les neutraliser.

Le Porto précipita la fin de l'entrevue : le soir du meurtre, il avait remarqué des catalogues de voitures dans le bric-à-brac de Danga. Qui sait si ce mort ennuyeux n'avait pas trafiqué en marge de sa spécialité reconnue ? Direction Les Peupliers.

Le surveillant ne fit guère de chichis pour lui ouvrir l'appartement. Cardoso retrouva sans peine les documents. Le tout en un de l'industrie automobile de l'Ouest. Inutile de guetter le Salon de la Porte de Versailles pour découvrir les modèles de la saison, toutes les marques étaient reproduites. L'inspecteur glissa les catalogues dans son pardessus, puis fureta dans la pièce. Surgissant dans la chambre à coucher, il fut frappé par son chambardement. Quelqu'un y était passé depuis la nuit du crime. La dame du mort, balança le gardien : venue sans rendez-vous alors qu'il était occupé, elle avait dû se grouiller en sa présence pour récupérer ses trucs.

L'inspecteur se dirigea vers la table de chevet. Passion subite pour les livres préférés du défunt. La collection comportait des ouvrages désacralisés, mais toujours de référence dans certains cercles tiers-mondistes. L'éternel recommencement de l'histoire, songea-t-il, s'explique par le refus inconscient de ceux qui la tissent de jouer des partitions originales. Il remarqua un volume plus épais que les autres, le retira de la pile : un tome des œuvres choisies de Lénine. Le bouquin contenait un vieil agenda, des photos et des textes de discours glissés entre les pages. Un tabernacle.

Le concierge, cancanier selon le code de la profession, lui apprit que le locataire absent lors de sa descente du lundi venait de rentrer. Comme les précédentes fois, il s'était acquitté cash de ses arriérés.

« Comment paie-t-il, par chèque ou en liquide ? s'enquit-il en arrêtant ses recherches.

— En billets neufs d'un demi-sac. Je me demande comment ils font : avec ma carte bleue, je ne pioche que des coupures usagées au distributeur automatique. Pareil quand je me pointe à la banque.

— Je peux voir ? »

Retour à la loge. Le concepige s'agenouilla devant un coffre ancien. La combinaison savante l'absorba en dépit de la routine de la manipulation. La porte blindée s'ouvrit au bout d'une longue minute en laissant entrevoir chèques et faffes. Le gardien, tel un prestidigitateur, piqua dans le tas des fafiots neufs à l'effigie du Corse.

Laurent Cardoso examina les billets avant de convenir qu'ils émanaient de la Banque de France.

« Pouvez-vous les garder pendant quelques jours ?

— Pour que les petites frappes du coin viennent me braquer ? Je ne brigue pas l'étoffe de héros d'une cité HLM. En plus, le comptable passe récolter la recette en fin de journée.

— Dommage. De quel pays ce locataire est-il originaire ? » demanda-t-il sous le coup d'une inspiration subite.

Le cloporte souleva ses bras en l'air. Il reconnaissait les tronches, savait qui pissait contre les arbres, qui jouait la zicmu en nocturne, qui dégradait les équipements. Point à la ligne.

« Je dois le voir celui-là, quelle que soit l'heure de son retour. »

Siège du Paquebot. Quatre heures après, son attente fut comblée par l'apparition de la bête. L'inspecteur était sûr du gibier qu'il l'abattrait sans sommation aucune. Cette certitude se fondait sur son flair : un coup d'œil de sa part suffisait à dénicher dans un groupe d'Africains l'élément qui s'y était infiltré après un premier examen. De même, il pouvait situer le sujet selon son appartenance ethnique. L'arrivant provenait d'Azanie, nom bantou de l'Afrique du Sud. Ce qui détruisait son hypothèse : il s'était attendu à le voir en maillot de la République négro-africaine du Kalina.

Le locataire, élancé et de carrure athlétique,

sautillait en marchant. Ses baskets ou quelque chose d'inné. Inconsciemment, l'inspecteur se remémora Chaka, l'épique chef guerrier zoulou du début du XIXe siècle. L'impérialisme anglais l'avait affublé du nom d'un contemporain, Napoléon noir, au vu de ses talents de stratège et de la désolation qu'il semait sur son passage. Un personnage superbe, altier. L'Azanien rajoutait à ces traits rouflaquettes, chevelure défrisée, moustache fine et port jean-baskets. Parfaite antithèse de la frime tropicale, il détonnait de la main-d'œuvre immigrée par sa distinction.

James Ikhata renonça à l'ascenseur en voyant Tartempion devant la cabine. Le monsieur, sans porter l'imper ni le chapeau de Columbo, transpirait le hambourgeois. Par sa cravate nouée à la manière de ses compères. Par ses bottes cirées façon des Chemises brunes en parade. Par sa bouille de semeur de merde. D'autre part, il avait toujours évité de s'enfermer dans la cage avec un inconnu. Pour ne pas souscrire l'assurance d'une mort subite. Avec la garantie de putréfier entre deux étages, parce qu'un malveillant aurait décrété l'appareil hors d'usage.

Le jeune homme emprunta les escaliers. Une fois au deuxième, il grommela en retrouvant le groom de l'ascenseur devant sa porte.

« Vous cherchez quelqu'un ?

— Faut-il vous croquer un dessin ? répliqua le divisionnaire en montrant évasivement sa carte.

— Que puis-je pour votre service ?

— Ouvrez ! » ordonna la force publique.

James dévisagea l'agent avant d'introduire la clef dans la serrure. Il ne la tourna pas tout de suite, mais expédia une œillade exploratoire à l'inconnu. L'air déterminé de celui-ci annihila ses réticences, puisqu'il afficha bêtement ses intentions : que la scène se déroule au diable, il le planterait là vite fait.

Une forte odeur saisit le policier en pénétrant dans le séjour. La pièce, meublée et ornée avec goût, traduisait un sens esthétique certain. Le locataire pria le collant de s'asseoir, mais celui-ci, attiré par un trophée, se moqua de la bienséance. Il souleva la bouteille, en lut le label : « Uganda Waragi », 45 degrés d'alcool ; sans doute 27 de moins par rapport au taux réel.

Le Porto déposa le tord-boyaux sur le meuble, puis s'enticha des Cézanne, Gauguin et autres pachas de la peinture ornant les murs. Les encadrements, à l'évidence luxueux, valaient plus que les tableaux produits par la photocopie. L'inspecteur se dit que l'Office central de répression du vol d'œuvres d'art se devait de diversifier sa mission. À commencer par changer d'appellation…

« J'enquête sur le meurtre d'un résident du Paquebot… Vous voyez de qui je veux parler ?

— Le monsieur du cinquième ? fit l'Azanien en se décidant à aérer l'appart. On n'est vraiment plus en sécurité quand on se fait buter chez soi… »

Le flic ne releva pas. Séance de reniflement dans les oubliettes avant d'inspecter la cuisine et le placard. Il grogna à la question de savoir s'il disposait d'un mandat de perquisition, fouina illico en dessous du canapé. Désarmé par sa vaine recherche, il s'affala sur le siège, balaya la pièce de son regard avant de le poser sur la table basse.

Le meuble était recouvert du contenu d'une boîte aux lettres non levée depuis des lustres. Enveloppes décachetées, paperasse et prospectus s'entassaient dans l'attente d'un tri. Alors que d'aucuns se débarrassent des réclames publicitaires, le gars les collectionnait. Sans doute pour rester câblé aux nouveautés sorties en son absence. Deux factures d'EDF-GDF et de France-Télécom ressortaient de l'amas de papiers. Des échéances amères.

« Vous êtes souvent parti, d'après ce que j'ai cru comprendre. Qu'est-ce que vous faites dans la vie ? »

James Ikhata désigna les journaux empilés dans un coin. Il les dévore autant que d'autres raffolent des pornos. Les infos sur l'Afrique le passionnent énormément. Quand il apprend qu'une pénurie sévit dans un bled, il se procure des denrées alimentaires et s'en va camper à proximité. Jamais il ne s'éloigne de son point de chute. Parce que la soldatesque du lieu, les potentats locaux, voire les victimes elles-mêmes le pilleraient. Malgré ses atouts de polyglotte. Il pratique effectivement le pidgin, un peu de portugais, certaines langues africaines, et parle couramment l'anglais. Ces voyages l'aident à réconcilier le continent avec les maîtres de la peinture moderne. Ce sacerdoce, suscité par ses études aux Beaux-Arts, vise à rappeler que l'art moderne plonge ses racines dans l'art africain. Les plasticiens du début du siècle s'étaient inspirés de cet art, abusivement qualifié de primitif, sans souligner son apport dans leurs œuvres : l'époque veillait à la cécité de la société. Les tableaux – James prit soin de ne pas les traiter de faux – sont bazardés au titre de la vulgarisation, mais c'est à prix d'or que l'élite africaine se les arrache.

« Vos déplacements prennent combien de temps ? coupa court le divisionnaire devant le discours endormeur.

— Deux, trois mois. Il y a deux ans, je me suis paumé dans un trou qui s'appelle Ngangala, au sud Soudan. Huit mois à ruser avec la guerre qui m'y avait surpris. J'ai bouffé et ma bourse de voyage et le produit de vente, et n'ai plus su comment rentrer. »

Preuve de sa bonne foi, James présenta son passeport. Kingdom of Lesotho. Le document retrace un parcours fluctuant au gré des calamités que le continent noir endure en sus de son décollage ajourné : Sahel, Juba, Mogadishu, Huambo, Kigali, Maputo. Partout où des caméras flashent sur la mouise au quotidien.

Le Porto réalisa tout à coup l'importance de sa découverte : la carte de la famine s'étalait sous ses yeux, dûment circonscrite par les tampons des services d'immigration. Un frémissement le parcourut lorsque, au détour d'une page, il reconnut le cachet d'un poste frontalier kalinais. Un deuxième cachet apparut à la page suivante, puis un troisième. Un intervalle de dix mois séparait deux voyages, le dernier passage au nord-est du Kalina remontant à huit semaines. La connexion était faite avec Danga. Restait à savoir en quoi…

« Combien de temps êtes-vous resté absent cette fois-ci ?

— Deux mois.

— Quelqu'un habitait chez-vous ? »

Le Sotho hésita le temps de juger de l'innocence de la question. Coup franc. L'affabilité du flic lui paraissant évidente, il émit un non tardif. Penalty.

« Dans ce cas, comment pouvez-vous recevoir des factures de téléphone et d'électricité aussi élevées ? »

Et d'extraire du tas de papiers les documents en cause. James Ikhata, totalement surpris par l'assaut, écarquilla les quinquets. Il bafouilla dans un patois non répertorié parmi les langues de travail de l'ONU, tandis que l'inspecteur appelait la brigade : on allait vérifier à quels numéros son sous-locataire avait téléphoné au cours des deux derniers mois.

Excité par l'imminence du baroud final, le divisionnaire raccrocha brutalement et piqua à la cuisine. Il jeta son dévolu sur un emballage de journaux, l'ouvrit. Son corps frissonna devant le contenu et ses mains, comme sous l'effet d'une décharge électrique, lâchèrent le paquet. L'odeur persistante s'expliquait :

« C'est quoi cette horreur ?

— Du gibier, monsieur.

— Vous vous foutez de ma gueule ? mugit-il en examinant à distance la carcasse boucanée. C'est un singe d'une espèce protégée, dont l'importation est interdite en France. Comment l'avez-vous passé à la douane ? »

Le tremblotement du locataire accusant un manque d'arguments, l'inspecteur passa à la vitesse supérieure :

« Comment faites-vous pour vous rendre en Afrique : en avion, à pied, en pirogue, dans la suite du Paris-Capetown ? Montrez-moi votre titre de transport… »

Cardoso vit la figure du bourlingueur se décomposer. Ne pouvant soutenir le front naturalisé bleu-blanc-rouge, le gars se découvrit un centre d'intérêt au-dehors et s'y accrocha. L'inspecteur retourna à la pile. Il piocha des catalogues de voitures, revint les présenter à James. Obligation de prouver qu'il ne les avait jamais lus. Danga, enclencha-t-il, se consolait dans la lecture de cette presse. Il avait transformé ce passe-temps en hobby, un hobby qu'ils partageaient tous les deux, n'est-ce pas ? Et de sortir du manteau les revues récupérées au domicile du mort. James Ikhata roula les yeux d'effarement :

« Je veux qu'on réponde à mes questions, tempêta le sbire de la République. Vous le connaissiez, ce type du cinquième, oui ou non ?

— Je le croisais dans les escaliers…

— Au point de figurer dans son agenda et de lui rapporter du caoua made in Ouganda ?

— Nous prenions parfois un verre ensemble.

— Plutôt des cuites. Vous entreteniez des contacts suivis via le bailleur de billets de cinq cents francs. Ce mécène finançait vos allers en bagnoles trafiquées, vos retours en jets, et vous bonifiiez les raids en vendant des boîtes de conserves périmées. Pas étonnant que la mortalité monte en flèche sur ce continent. À cause de rapaces de votre acabit. Ikhata, je vais devoir vous boucler. »

La menace résonna aux oreilles de l'intéressé comme une condamnation donnant lieu à l'application de la double peine : la taule suivie de l'expulsion. Plus qu'une expiation, un bannissement camouflé. James s'affola alors que le patron de la brigade criminelle chamboulait à nouveau sa montagne de journaux. S'emparant de la bouteille d'Uganda Waragi, il se versa un coup, le siffla, s'en offrit un autre. Défonce de croisière. Son univers devenant instable, il tourniqua dans la pièce. Total hystéro.

Une clameur venant du terrain de jeux interrompit la quête du flic. Pivotant sur ses talons, il vit le sujet de Sa Majesté Mohato Seeisa Letsie III, motlotlehi (roi) du Lesotho, en position déséquilibrée sur le rebord extérieur de la fenêtre. Son regard traduisit plus qu'une supplication : que le détraqué lui épargne son saut sans parachute ! Il s'élança en vue de choper le candidat à l'autodéfenestration par les pieds, loupa sa cible en heurtant contre le mur, s'étala par terre. Out. Le voyageur s'écrasa sur le pavé de l'entrée.

Khadija avait trouvé refuge dans un foyer jadis réservé aux femmes battues. Le bâtiment en briques rouges, haut de trois étages, hébergeait à présent des étudiantes, des ouvrières, des meufs à problèmes. La veuve sortait de l'immeuble lorsque Jacques Mayotte apparut à l'angle de la rue. Le fileur, dans sa mauvaise conscience de fliquer les électeurs potentiels de la gauche, se tapit derrière une voiture en stationnement. La damoche, toujours vêtue de noir, se dirigea vers le centre-ville. Elle ne manifesta pas d'intérêt aux vitrines longeant sa route, fonça au supermarché. L'inspecteur se réjouit à l'idée d'opérer dans le magasin.

La cliente se faufila dans la cohue jusqu'au stand de la parfumerie. Tour de reconnaissance avant de flasher un rayon. Elle cueillit un flacon, s'en fut étirer la queue à la caisse. L'enquêteur, hors de vue de l'objet de sa filature, résista à l'infarctus devant la perspective de la confondre.

Le tour de Khadija arriva. Elle présenta ses achats, attendit le moment de s'acquitter. Celui-ci venu, elle regarda autour d'elle, sortit un bidule vite remis dans le sac, tira son porte-monnaie. Trois billets de cent balles apparurent dans sa louche. L'argousin perdit son entrain, tandis que la Reube se pressait vers la sortie.

Quelques minutes après, elle se perdait dans la friperie située en face de la grande surface. Vibrations subites pour les tenues masculines. Des broques d'indécision. Elle choisit finalement un costard, l'examina sous toutes les coutures et le régla en espèces. Le trois-pièces gonfla le sac, non sans titiller le flic quant à sa destination.

Incertitude à la sortie. Elle héla un taxi à la dernière seconde et y plongea avec une telle rapidité que l'ange gardien en fut interloqué. L'inspecteur, désormais convaincu d'avoir été repéré, lâcha un juron de nature à pousser le MRAP à décortiquer le jargon policier, et se mit à arpenter le trottoir. Furieux. Jusqu'à ce que la vue d'un autre tac lui arrache un ouf de soulagement. Manque de pot, un passant souleva le premier la main. La famille poulaga fit valoir la priorité réservée à ses membres et sauta dans la voiture.

Les vieilles cités n'offraient guère le luxe d'aller et de revenir en carrosse sur les mêmes artères. Sous prétexte de protéger tel morceau de bitume ou tel pan de mur, les urbanistes, de connivence avec les lobbies des monuments historiques, avaient multiplié les sens uniques au point d'exiler au loin les disciples du baron Haussmann. Des boulevards de type autoroute défiguraient ainsi la savane, fréquentés par la piétaille, les pousse-pousse, le bétail. Quant à la ville épargnée de la haussmannia, elle conseillait de bifurquer à droite ou à gauche, de tourner en rond. Cool. Sinon, foncer sur quatre, cinq kilomètres avant de dénicher la pancarte « Autres directions ». Errances.

Le taxi emprunté par Khadija fut rejoint à un stop. Les véhicules quittèrent le centre-ville par la zone pavillonnaire, et se dirigèrent vers le complexe hospitalier. Jacques Mayotte craignit fort que sa cliente, venant réconforter la victime d'une dégelée, ne perde la boule en tombant sur un macchab. Le risque de la voir rameuter la presse serait alors inévitable.

Contre toute attente, la citoyenne fonça vers le bâtiment des pompes funèbres. Dès son entrée, elle eut droit aux explications pratiques sur les cercueils exposés. Jouissance à vie mais service après-vente non assuré. Elle en désigna un, classé bas de gamme au catalogue de la Sécu, suivit le commerçant à son bureau. Signature de la douloureuse avant de retirer ses achats de son sac et de les remettre au vis-à-vis. Ce geste accompli, elle se leva pour partir, tandis que le marchand s'en allait déposer fripes et parfum sur la bière. Jacques Mayotte, suffisamment édifié sur la raison de sa tournée, l'apostropha à sa sortie :

« On fait du shopping ?

— Comme vous avez pu le constater depuis mon départ du foyer. J'ai appris tout à l'heure la mort de

Shamar. Si je ne m'occupe pas de son enterrement, la commune va s'en mêler…

— Comment avez-vous appris la nouvelle ?

— L'intuition féminine. J'ai été inquiète de ne plus le voir alors qu'il commençait à m'habituer à ses apparitions. J'ai donc été chez lui, ce matin. De là, je me suis rendue à l'hosto. Faut pas être sorcier !

— Savez-vous de quoi il est mort ?

— D'une bagarre, lui qui était si pacifique…

— Vous ne semblez pas bouleversée ! ajouta le flic en arrêtant un taxi.

— La peine ne s'affiche pas, elle est en moi. »

L'inspecteur la poussa dans le tac avec rudesse. Khadija s'y glissa avec résignation. Sa sérénité dénotait un brin d'arrogance, et son indifférence intrigua le limier lorsqu'il eut craché la destination au conducteur.

L'immeuble en briques rouges fut bientôt en vue. La Noraf quitta la voiture alors que le crampon réglait la course. Elle gravit une à une les longues marches conduisant à l'entrée, s'arrêta en haut. Une matrone en fausse robe de grossesse apparut à l'instant. Les pommettes rosies par le vin, les bras ballants, prêts à tordre, elle vit le cowboy qui montait à la suite de la pensionnaire et boucha l'entrée.

Jacques Mayotte dut mettre les pédales douces, suggérer une dérogation de la direction : la virago lui signifia qu'il n'entrerait pas, police ou pas police. L'inspecteur menaçait de recourir aux CRS lorsque Khadija, qui s'était éclipsée à l'arrivée de la surveillante, revint en compagnie de la diche. Un mot de celle-ci congédia la terreur.

Deux lits séparés par une armoire à double face occupaient la chambrette. Le local était soigné, marqué de la main de la ménagère. L'inspecteur trifouilla dans le bazar de l'occupante pendant qu'elle se tenait à la porte. Aucune animosité ne transparaissait dans son regard, mais une rage contenue agitait ses doigts. Elle ne tiqua nullement quand le policier, fourrageant dans son tiroir, brandit un livret de la Caisse d'épargne. Le document était récent, d'un dépôt initial de vingt-trois mille francs. Empoché.

La scène du supermarché lui revenant à l'esprit, Jacques Mayotte exigea le sac à main. Khadija déversa son contenu sur le lit : rouge à lèvres, fond de teint, miroir, toute la panoplie de beauté d'une femme. Plus un portefeuille ainsi que le porte-monnaie sorti au supermarché. L'inspecteur sauta sur le portefeuille. Il contenait deux tickets de cent et cinq cents balles. CQFD.

Une demi-heure après, Khadija était introduite dans le bureau du divisionnaire. Celui-ci lui montra le dossier de l'affaire et, d'un ton réquisitorial, déclara :

« J'aime autant vous prévenir que vous risquez la correctionnelle à l'allure où vont les choses.

— L'avenir appartient à Dieu », rétorqua la veuve du tac au tac.

Laurent Cardoso, qui ne s'attendait pas à cette réplique, bouillonna :

« Gardez cette réflexion intégriste pour vous. Nous savons que vous n'avez jamais travaillé et ne tétez point aux aides sociales. Nous voulons donc savoir d'où sort l'argent que vous avez placé à la Caisse d'épargne.

— Qui d'autre peut me l'avoir donné en dehors de mon regretté mari ? répondit Khadija de sa voix douce. Nous n'étions pas encore divorcés, monsieur l'inspecteur.

— Votre situation est grave, madame, et vous ne semblez pas le réaliser. Primo, vous n'avez pas signalé l'existence de cet argent lors de vos précédentes dépositions. Selon l'article 361 du Code pénal, une déclaration mensongère entraîne cinq à dix ans de prison. Secundo, vous détenez une somme d'argent dont nous avons des raisons de croire qu'elle émane d'opérations illicites. Cela s'appelle faire du recel. Sachez qu'un autre receleur, qui payait ses loyers avec des billets de la même série, s'est suicidé. C'est dire qu'avec ou sans l'aide de Dieu, votre avenir se dessine à Fleury. »

Khadija inclina la tête en couvrant le visage de son épaisse crinière. Une éternité s'écoula avant qu'elle ne la repousse d'un petit coup sec de la main. Un autre petit coup dans la minute d'après, suivi d'un mouvement instinctif de la tête, la décida à relever la tête. Elle ne fixa pas le divisionnaire mais lui présenta la figure de biais, les yeux baissés. Forfait. L'inspecteur demanda au secrétaire de minuter la déposition.

Qu'avait-elle à perdre maintenant que ses hommes étaient allongés ? Danga et Shamar fricotaient discrètement, chacun possédant une couverture solide : la politique pour l'un, la manutention pour l'autre. Leur affaire tournait à souhait, d'autant que les tâches étaient bien réparties. Shamar, en chasseur de têtes, repérait les gonzesses et les préparait ; Danga procédait à leur recrutement.

Il y a huit mois, le Kalinais propose à Shamar de s'associer à des pros. Le moustachu renâcle de peur que son rôle ne s'amoindrisse au sein du nouveau holding. Danga se fiche de son objection et déménage avec pertes et profits. Shamar se garde de le remonter : le barbouseux pèse désormais dans le Milieu. Il la supplie toutefois de fauter avec Danga afin de lui soutirer des tuyaux sur ses associés. Son intention est de dénoncer la bande. Un non catégorique ruine ses plans.

Par méchanceté vis-à-vis de son homme, elle se laisse embarquer par le Black le jour où il endort sa copine au Nemrod. Elle ne pense alors qu'à sa vengeance, ponctuelle, limitée dans le temps. Par malheur, elle découvre Danga, s'accroche : son esprit l'épanouit. Elle n'ose vérifier ce qu'elle sait de lui de peur de gâcher l'idylle. Au reste, le Kalinais la dorlote, ne sort que le matin, renonce à ses libations. Il vivote certes, mais la rend plus heureuse qu'en douze mois de mariage avec Shamar. Cette situation, Khadija en est consciente, couvre son regard de brouillard. Le soir de la séance de fellation, elle réalise pour la première fois le flou de sa relation avec Danga. Au-delà des rapports physiques, il n'existe entre eux que le blabla. Autant dire rien. Zéro. Or une copine kalinaise l'avait affranchie sur ce point : un homme ne nourrit pas sa moitié avec son charme. Danga serait-il donc un cas clinique, aurait-il l'esprit tordu, lui qui n'entretient pas sa compagne et vient de démontrer son impuissance à la protéger ? Dans son amertume, Khadija rêve d'une réconciliation avec Shamar, espérant qu'il aurait également tiré une leçon de leur séparation.

Par bonheur, le moustachu comble ses souhaits quand il lui remet la fameuse enveloppe. Il lui souffle, en surveillant les quatre horizons, que le pli contient un cadeau. Ce cadeau, dont il ne précise pas la nature, peut se décupler si son message parvient à destination. Il leur faut jouer ce coup avant de reprendre une vie commune. Shamar n'a malheureusement pas le temps de terminer, car la Volvo se glisse au bord du trottoir. Elle n'a pas non plus l'occasion d'apprécier son geste : la photo l'estomaque.

« Il y avait dans l'enveloppe quarante-neuf billets de cinq cents francs, précisa Khadija. Avec les achats que je viens d'effectuer, j'aurai dépensé près de mille francs. Sans compter le cercueil. Maintenant que vous savez tout, faites de moi ce que vous voulez…

— Madame, s'emporta Cardoso, on n'est pas dans une république islamique pour décider de votre sort sur un coup de tête. Nous appliquons la loi.

— C'est également la loi qu'on applique dans un régime islamique ! »

L'inspecteur fixa la veuve avec commisération. Khadija évita le regard réfrigérant, le temps de contenir la crise qu'elle ressentait. Elle était nase, esquintée par ces dépositions à répétition. Il fallait mettre fin à la pression, arrêter la brimade. Le silence se prolongeant autour de la table, elle se mit à gamberger sur l'hostilité de la cour. Sectaire. Inhumaine. Arrêt sur image : le divisionnaire, son regard macho toujours posé sur sa personne, semblait la déshabiller comme pour mieux la posséder. Déstabilisant. Elle renifla plusieurs fois de suite, ferma les quinquets et les rouvrit embués de larmes. Jacques Mayotte, qui était assis à côté de la dame, se gratta l'occiput : la nénette craquait. Son supérieur lui cligna des yeux en prévision du coup de grâce.

« Il est grand temps que cesse cette comédie, Khadija. Je veux savoir à quoi tu joues ! »

Khadija, remuée par le tutoiement subit, secoua ses plumes. Elle vit le Porto extraire un document du dossier et le jeter avec mépris sur le bureau. La Reube devint livide, tandis que l'inspecteur principal sursautait de son siège : le cliché, pas net, représente un couple black and white. Feu Danga, torse nu et en look de barbudos cubain, porte la Noraf sur ses jambes. La satisfaction qu'il éprouve, les bras qui enlacent la femme dans un geste protecteur, le sourire que celle-ci lui rend, trahissent des moments craquants. Aucune autre situation ne peut expliquer la complicité qui règne entre eux. Ça baigne dans le beurre. Sauf que le fond de l'instantané révèle un cadre étranger à celui de Danga. L'effet de surprise provoqué par la photo est total.

« Alors, qu'est-ce que tu en penses, madame Chaouche ? se régala le code pénal en dégelant l'atmosphère.

— Je m'appelle Khadija, marmonna docilement l'intéressée.

— Tu viens de déclarer que Shamar et toi n'étiez pas encore divorcés ! Si cela peut justifier un échange de cadeaux entre époux, cela donne aussi une obligation : trimbaler le nom du mari jusque dans la tombe. »

La porte s'ouvrit brusquement sur Babylone. Le Porto aboya une imprécation, mais la ravala devant l'air penaud de l'importun :

« Patron, le stagiaire attend au bout du fil. Il téléphone de l'aéroport. C'est urgent…

— Vas-y, Jacques. »

Celui-ci se leva de mauvaise grâce, ses sentiments bien affichés : il renoncerait volontiers aux clairons et discours des vivants autour de sa dépouille, à la garantie du drapeau tricolore sur son catafalque, à la Légion d'honneur à titre posthume. Pour assister en personne à la confession de la roublarde. Entre-temps, Cardoso embrayait en troisième vitesse :

« Nous savons depuis le début de cette affaire que tu nous caches beaucoup de choses. Il est temps que tu accouches. Depuis quand est-ce que tu trompais ton mari avec Danga, et que sais-tu exactement de cet homme ? »

Comme dans un monologue, l'inspecteur résuma à haute voix comment il en était venu à cette conclusion : l'agenda déniché chez Danga, quoique vieux de l'année précédente, reprenait son emploi du temps des douze derniers mois. Ses journées sont minutées avec le scrupule maniaque d'un mémorialiste. Quatre fois de suite, il note « Vr Kdj » sur le calepin. Faut pas être décodeur de l'armée pour lire « voir Khadija » dans cette formule. Les heures de rendez-vous varient entre onze et quinze heures, au moment où Shamar gagne son couscous. Plus intéressant : Shamar confère avec son associé après dix-sept heures, puisque l'agenda signale le mot « Sham » à ces heures-là. De ce qui précède, il ressort que le pokiste est un intime du couple. Au point que Khadija ment sur la genèse de ses rapports avec lui. En effet, si elle prétend que sa liaison date de l'esclandre du Bastos, c'est-à-dire d'il y a deux mois, le décor de la photo plaide pour une relation antérieure à la rupture entre les deux complices. Car la photo aurait été prise dans l'ancien nid du couple. Ton avis ?

Khadija blêmit. Le regard hébété, elle se mit en position de parler, mais aucun son ne sortit du gosier. Elle poussa un soupir, prête à se mettre à table, mais Jacques Mayotte cassa son entrain en rentrant dans la pièce :

« C'est compliqué, patron, il n'y a que toi pour régler ce problème…

— Passe-le-moi ici !

— Sujet délicat », répondit l'inspecteur en lorgnant Khadija. Le Porto se rendit dans le bureau d'à côté en maugréant :

« Qu'est-ce qui se passe, Lannoy ?

— …

— Ne la laisse surtout pas s'envoler, gueula-t-il à plein tube. Fais appliquer le Plan Raid. J'en prends l'entière responsabilité. Pas question de ménager des gens qui se moquent de la loi, fussent-ils de bonnes femmes. Force doit rester à la loi. Ramène-la-moi illico presto, compris ?

— … »

Cardoso regagna son bureau hors de lui. Un coup violent sur la table, suivi d'un avis personnel sur les anars, il lança à la cantonade :

« Une femme de mauvaise vie veut nous tourner en ridicule. Je n'ai pas vocation à passer à ses yeux pour le bourricot de la fable. Khadija, je t'écoute. On n'a plus une minute à perdre. »

L'effet produit par sa colère rapporta gros. La merluche, psychologiquement annihilée, se mit à vider son sac. Une chronique du temps.

Son mariage avait été un fiasco. Jamais elle ne se serait imaginé, en épousant Shamar Chaouche, convoler en justes noces avec un pervers. Tous ses malheurs viennent de là. Elle ne sait ni où ni comment Shamar et Danga se sont connus. Peut-être bien au Nemrod où les vices se décoincent et s'acoquinent. La forte impression que le Kalinais exerce sur son mari éclate lors de la première soirée qu'il passe chez eux. Le Black caracole sur des sujets divers, harangue, tchatche. Le rapport qui existe entre les deux amis est comparable à celui d'un érudit et d'un inculte. Danga lui confiera plus tard considérer Shamar comme un frérot qui a besoin d'être encadré.

Un soir où ils parlotent alors qu'elle est partie se coucher, un besoin naturel la sort du lit. Elle se garde de les déranger, mais dresse les zozores : les mâles discutent sur l'opportunité d'embaucher des Blackesses – est-ce que ça se dit ? – afin de panacher leurs effectifs. Ils avaient bossé jusque-là avec des filles blanches.

Elle traîne ainsi derrière la porte. Ce qu'elle entend la sidère : Danga, sa faconde aidant, informe son compère avoir trouvé les moyens de sa politique. Plus précisément l'occasion de traduire ses menaces en actes.

Une parenthèse : Danga était un amer profond, et le Blanc lui servait de plat de résistance. Il le rendait responsable de la banqueroute du Kalina, l'accusait de la paupérisation des siens. À ses moments de délire, il prêchait la constitution d'un deuxième Tribunal de Nuremberg, dont la mission sera de juger les crimes contre l'humanité du Blanc. Même à titre symbolique, vu que le prévenu tient les cordons de la bourse et l'arme nucléaire.

« Extravagances ! tempêta Jacques Mayotte. Ce coco-là devait être daltonien pour ne pas remarquer que vous étiez aussi blancs.

— En tant qu'Africains, nous étions ses frères.

— Qu'est-ce qu'il est venu foutre ici ? N'avait qu'à crever à l'ombre d'un baobab !

— Il prétendait rendre visite au petit-fils du colonisateur.

— Rengaine de la haine totale ; une compilation connue, démodée. »

Danga dénonçait sans cesse la mauvaise foi du Blanc. Ses deux exemples favoris : face aux yeux clairs d'un Noir, le toubab biaise en affirmant que sa couleur symbole n'est plus blanche mais bleue ou verte. De même, il escamote l'apport africain dans l'art moderne à des fins ethnocentristes.

Khadija ne s'arrêtait plus : les ravages du sida obsèdent le pokiste au plus haut point. Selon lui, la propagation de ce mal a été programmée. Des années durant, les géopoliticiens et démographes occidentaux ont alarmé leurs concitoyens sur le taux de natalité explosif en Afrique. À les entendre, ce taux représenterait un danger pour les vieilles nations dont les populations, anémiées par deux guerres désastreuses, se tassaient. Face donc à la démographie galopante du continent noir, les peurs, jadis connues avec les périls jaune et rouge, lesquels périls ont été transformés, du moins en ce qui concerne le premier, en un grand marché pour l'industrie occidentale, lesdites peurs resurgissent. Ne pouvant recourir à la guerre, les planificateurs ont imaginé cette chose innommable, ce virus qui tue par l'acte où l'Africain surclasse la concurrence : l'amour. Les effets de ce complot sont incalculables. Ils garantissent, à plus ou moins long terme, le tassement de la population africaine. C'est dire une hécatombe que n'obtiendrait jamais une guerre conventionnelle…

Silence embarrassant pendant que le baffle soufflait. Le regard craintif, Khadija s'assura d'abord de l'écoute de l'auditoire, puis renoua avec la confession : ses traditions ignorant les opérations suicidaires, Danga se flattait d'explorer une voie de combat copiée sur les méthodes du Blanc.

Cette nuit-là donc, il informe son acolyte de sa décision de monter d'un cran dans sa guerre larvée contre le toubab : recruter des Kalinaises ni moches ni bathes, mais des turbines capables de faire valser sans préliminaires. Nul besoin d'en mobiliser une horde, plutôt trois, quatre nanas à même de se soumettre aux caprices de dépravés qui persistent à baiser nature. L'intérêt ? Les appâts sont condamnés par le mal. Panique et remords des malfaisants devant l'effet boomerang.

Les deux inspecteurs sursautèrent d'horreur, tandis que le secrétaire soulevait des yeux effarés sur la rapporteuse :

« Il l'a fait, ce détraqué ?

— Je crains que oui, mais ne puis fournir aucune preuve…

— J'ai toujours soutenu, explosa Jacques Mayotte, que les Kalinais sont pires que des ressortissants d'un État terroriste catalogué : ils sèment la désolation partout où ils passent. »

Un flot de questions assaillit le divisionnaire : quelle autorité prévenir, comment sonner l'alerte, pourquoi ce fiel de la part d'un homme qui a passé en France non seulement une partie de sa jeunesse, mais également sa vie d'adulte ? Des interrogations sans suite. Et si la cocotte fabulait afin de les détourner de l'essentiel ? On t'écoute, Khadija !

Un geste maladroit finit par la trahir. Danga, dont l'ouïe est hors du commun, signale à son compère la présence indiscrète. Shamar déboule dans le couloir, la brutalise. Qu'a-t-elle entendu, depuis quand les écoute-t-elle ? Khadija, terrorisée et consciente d'en savoir trop, se garde de répondre.

Shamar la traîne alors au salon. D'accord avec son hôte, il lui signifie que toute fuite de sa part entraînerait le pire. D'autant qu'il ne sait que faire d'une meuf qui ne contribue guère à sa réussite. La scène, qui est assortie d'une première menace de répudiation, terrorise la femme. Son homme lui suggérera plus tard de se racheter en se pliant aux désirs de son ami. Dans sa naïveté, Khadija pense que le Kalinais va lui demander quelques services.

Le pokiste rapplique trois jours après en l'absence de son associé. Alors qu'elle se montre prévenante, il lui déclare à la hussarde son amour gros comme un cœur de bœuf. Khadija proteste. Mais le malotru lui révèle le rôle de sponsor qu'il joue dans son ménage. Sans lui, elle ne brillerait pas avec ses bracelets de turquoise, ni avec tel collier, ni avec telle chaînette et telle montre en or, encore moins avec ce manteau de fourrure que Shamar lui a effectivement offert. La dame, convaincue au finish que son trousseau de mariage a été acheté par ce parrain, se dégèle.

« Cette photo date donc de ce moment ! avança Cardoso.

— Mais on n'a plus recommencé.

— Parce que vous jouiez à colin-maillard les fois suivantes, hein ? »

Depuis ce jour, poursuivit la jeune femme, leurs rapports deviennent complices. Correcte et gardant ses distances, elle amène Danga à la considérer sous un autre angle. Plus jamais il n'est revenu sur ses avances. Jusqu'à cet après-midi au Bastos, mais là, c'était sa faute : folle de rage, elle voulait humilier Shamar. Avec n'importe qui. Le hasard avait voulu que le pokiste soit présent et l'embarque.

Khadija avoua ne rien savoir sur la prétendue fortune de Shamar. Le gars touchait plein pot à un moment donné, mais mégotait après sa rupture avec Danga. Avec le recul, elle pouvait affirmer que son fric de la période faste provenait de la puterie. Concernant Danga, elle avait déjà tout dit lors de sa précédente déposition. Que le Black ait roulé sur l'or, il aurait réussi à le dissimuler.

« Attention à ce que tu vas dire maintenant, prévint Cardoso. Ça ne t'a pas paru bizarre, quand tu t'es liée à Danga, de le découvrir aussi cloche que Job alors qu'il t'avait payé la bijouterie Chaumet via ton mari ? »

La mise en garde troubla la nénesse au point de ne savoir quoi répondre. Le divisionnaire, se tournant vers son adjoint, conclut sèchement :

« Prépare un mandat de dépôt pour Khadija. Motifs : recel, association de malfaiteurs. »

Khadija fixa Cardoso d'un air incrédule. Elle prit subitement la tête dans ses mains et se défoula.

Des pandores de l'Oise avaient débarqué chez Fatou le lendemain de son passage au Pacifique. Trouvant les volets fermés, ils se rendirent au local de l'association où ils croisèrent l'adjoint au maire. L'édile ruminait mal son rencard loupé avec Mme Mésange, qui venait de partir pour l'aéroport. Selon ses collaboratrices, elle aurait reçu un message de son mari lui demandant de le rejoindre d'urgence. Informé par téléphone, Max Lannoy soupçonna une manœuvre : la tantine se mettait au vert. Pour ne pas se mouiller dans un coup vache.

L'inspecteur stagiaire sortait du SRPJ pour Roissy lorsqu'il tomba sur Jim Bafoussa. Ne pouvant le recevoir, il l'invita à repasser dans la soirée. Le big-manager allégua l'approche de son spectacle pour obtenir la dispense de cette corvée. Max Lannoy fit la sourde oreille et se glissa dans sa voiture. Mais le patron mastoc se pencha contre la portière, décidé à arracher coûte que coûte l'annulation du rendez-vous. Irrité par cette insistance, le stagiaire lui conseilla de reporter son concert.

« J'ai la conviction que ce concert va mal tourner. Entre deux maux, dit la fable, il faut choisir le moindre…

— Ce n'est plus possible, patron. Ma communauté m'enterrerait vivant si j'ajournais. Je ne peux plus reculer.

— Faites comme bon vous semble, mais je vous aurai prévenu. »

Max Lannoy embraya, puis se ravisa avant de démarrer. Encore un mot :

« Votre ex-copine connaissait-elle l'homme du Pacifique ?

— À ma connaissance, non.

— Aviez-vous déjà entendu parler de monsieur Koloké avant votre rencontre ?

— Pas autant que je m'en souvienne.

— Qu'est-ce que cela veut dire ?

— Je ne parle pas dans mon patois, patron : je n'avais jamais entendu parler de cet affreux. »

Max Lannoy surgit à l'aéroport alors que le vol

d'Air-Brousse à destination de Johannesburg, via Abidjan et Kalinabourg, s'apprêtait à partir. Il n'avait plus qu'à assister au décollage ou faire demi-tour. Le sens du devoir l'obligea à en référer à son supérieur.

D'une minute à l'autre, la plaine servit de plateau à une répétition générale du plan Orsec. Véhicules de sapeurs-pompiers et voitures banalisées se lancèrent sur la piste, gyrophares et sirènes actionnés, et cernèrent l'appareil. Alerte maximale.

Les passagers apprirent par une communication interne que le vol allait subir du retard en raison d'un problème de sécurité. Sang-froid exigé. Ils furent priés d'évacuer le jet et de récupérer leurs bagages, tout objet non repris étant considéré comme dangereux et voué à la destruction.

Le gros porteur, convoyé par l'armada antiterroriste, fut tracté en bout de piste. La soute vidée, les voyageurs le rejoignirent par cars pour reprendre leurs valises. Ils empruntèrent à nouveau les bus pour retourner à la plate-forme, d'où ils regagnèrent la salle de transit. Une collation leur était offerte afin de les remettre de leurs émotions. Une rumeur circula parmi les passagers : un appel anonyme avait signalé la présence d'un engin explosif à bord !

L'inspecteur avait déjà repéré Fatou sur le tarmac. La tantine, superbement coiffée d'un chapeau de soleil Marie-Mercié, portait une robe rétro à motifs, un sac kenyan en bandoulière, et tirait sur la laisse de sa valoche. Espadrilles aux pieds, vachement déliée, elle semblait se déplacer sur un tapis roulant, non sans irradier la chaleur de sa destination dans tous les azimuts.

Le stagiaire s'inscrivit dans la ligne de mire de la Franco-kalinaise dès sa sortie de la plate-forme. Le flic formait un maillon du cordon tendu par la PAF en vue d'interdire l'accès de la salle d'attente aux passagers. La dame afficha d'abord sa surprise, puis adopta une attitude hautaine. Ce qui ne lui épargna guère une interpellation dans les règles. Sans circonlocutions.

« Madame, veuillez nous suivre !

— Vous suivre ? Je n'en ai ni l'intention ni le temps, répondit hardiment l'épouse Mésange. J'ai mon avion à prendre.

— Peut-être que vous changerez d'avis en apprenant que c'est à cause de vous que le zinc est cloué au sol ! On ne badine pas avec la loi. »

Fatou remarqua à cet instant que les autres voyageurs avaient disparu, et modéra son agressivité :

« Faudra bien que v'm'fichiez un jour la paix. Qu'est-ce qui vous intéresse en moi ? Mon cul ?

— Vous le saurez à la brigade. »

Le temps de dénoncer les entorses policières aux Droits de l'homme, des fois que le roussin militerait dans une cellule du PCF, la transfuge kalinaise se laissa escorter jusqu'à la voiture de l'inspecteur.

Mme Mésange ne desserra pas les dents au SRPJ de Pont-la-Montagne. Sauf une fois. Pour réclamer la présence de son avocat. Le stagiaire eut beau lui répéter qu'elle meublait le paysage en raison des impératifs de l'enquête, qu'elle ne répondait pas à une garde à vue, que son défenseur ne surgirait pas – à supposer que cette garde à vue se produise – avant la vingtième heure légale, elle resta sourde aux pressions. Jusqu'à ce que Jacques Mayotte, venant à la rescousse de son collègue, recoure à l'art de la dissuasion :

« Je m'étais fait une bonne opinion de toi après l'audition d'hier, et ce, malgré ton inconduite. Depuis (il se plia en deux pour la fixer), tu me débectes. Comment peut-on épouser une morue de ton style ?

— J'exige un minimum de respect, protesta Fatou, très sensible au choc des mots.

— Parce que la tata se soucie du respect qu'on lui doit ? As-tu celui de ta carcasse en allant au nadada avec un débile – (il mit un bémol pour baver sur feu Masumbuko) : qu'il aille au diable –, et plonger aussitôt dans les bras d'un pignouf ? Un conseil : tu devrais faire une psychanalyse… »

Ne sachant si l'inspecteur lui parlait ou se livrait à un monologue, la dame loucha sur la silhouette en mouvement. Son visage oblong, un masque jusque-là impénétrable, trahit l'attente d'une explication. Elle retira son chapeau, preuve qu'elle se résignait à une visite prolongée. Jacques Mayotte se délecta de l'avantage pris sur la gréviste de la parole, puis reprit la séance de mise en condition :

« Comment peut-on coucher avec un gars qui

claque après coup et, sans attendre son inhumation, michetonner avec un autre zigue ? Tu n'es qu'une paillasse, Fatou. Une ordure. Je n'ose même pas t'appeler par le nom de ton mec : tu ne le mérites pas. Que va-t-il dire en voyant cette carte postale ? »

Comme dans un scénario rodé, Max Lannoy tira le cliché réalisé à partir du film du Pacifique et le ficha sous le nez de la tantine. Seule crainte : que la vicelarde ne revendique ses accointances tribales avec Koloké.

Fatou clignota des yeux, pleins feux sur le cliché, puis les vira à gauche. Éblouie.

« Nous voulons savoir qui est cet énergumène, enchaîna Max Lannoy avec calme. Nous en savons déjà pas mal sur lui. Inutile de sauter des paragraphes. »

Le secrétaire s'amena pour enregistrer le PV, tandis que la voix nasillarde résonnait. Vitesse d'un disque 77 tours respectée. La vie comme elle va…

Koloké Mogbagbulé, alias Don Kol pour les intimes. Le lascar est excentrique, mystérieux, mais d'un charme irrésistible. Des goûts et des couleurs, songea Max Lannoy. Un type chaleureux, mais perverti par la ville où il a débarqué sur le tard. Se pavaner, trôner au milieu des gens, les saouler de sa poche traduisent son intégration dans le milieu urbain.

Don Kol manage depuis une dizaine d'années des groupes de musique du Kalina. Jeune et entreprenant, il a commencé par les produire à travers le pays, ensuite hors des frontières. Grâce à une fortune dont nul ne connaît l'origine.

Elle le rencontre il y a cinq ans lors de son premier voyage en France. Passionnés tous les deux des rythmes insensibles à la world music, ils sympathisent. Malgré la rumeur qui circule sur son compte. Cette rumeur, anodine lors de son parachutage dans le show-biz et tenace quand il tourne en Europe, affirme que les services secrets kalinais, tout en pourvoyant à ses assises financières, l'utilisent comme « hibou » pour aborder des opposants et les liquider par empoisonnement au cours de ses bringues. Des cas de gens qu'il a vus et qui sont morts après sont cités.

Parmi les autres ragots qui se racontent sur son sujet, le trafic de drogue et de bêtes protégées revient souvent. Mais le gars n'a jamais été mis en cause officiellement. Une anecdote apprise avant leur liaison : il y a six ou sept ans, personne ne l'approchait au Kalina. Parce que des bruits l'avaient impliqué dans un trafic d'organes humains à destination de l'Afrique du Sud. Ces bruits avaient couru pendant des mois, provoquant un tel affolement au sein de la population que les autorités durent exiger un démenti public de sa part. L'explication eut lieu au cours d'une conférence de presse mémorable…

Devenue gauloise et vaccinée contre les kalinaiseries, Fatou le retrouve à chacun de ses voyages. Elle cherche, cela va sans dire, à vérifier les racontars, mais se bute au silence du broussard. Sauf la fois où, excédé, il lui avoue que tout pistolet peut s'engraisser au pays. Pourvu qu'il exploite les domaines par définition réservés à l'État, mais où son déficit pète avec fracas.

Il y a une semaine, elle accourt à son hôtel en apprenant son passage à Paris. Don Kol avait emmené un orchestre, dont les membres sont hébergés chez des connaissances. Difficile d'expliquer sa manie d'éparpiller ses poulains alors qu'il peut les loger sous le même toit. D'aucuns affirment que ce procédé lui permet d'avoir les coudées franches dans ses actions souterraines.

Elle découvre lors de ce contact que l'impresario figure dans la suite de l'administrateur général de la Sernak, le stratège des opérations extérieures de la Sûreté de la république négro-africaine. Les on-dit soutiennent que les voyages de ce puputiste godillot présagent toujours des assassinats. Or Don Kol avait précédé son arrivée de quelques jours. À quel titre et pour faire quoi ? Quoique curieuse d'en savoir davantage, Fatou se plante.

Mercredi, elle descend au Pacifique après son accrochage avec le couple Bafoussa. Elle cherche une oreille à qui se confier et pense que son guignol pourrait la lui prêter, ce qui lui permettrait de le démasquer. Dans sa tête, Fatou se rappelle une confidence qu'il lui avait faite l'année précédente : le mec de l'Agence double B gêne de plus en plus de monde avec ses productions. Qu'est-ce que t'en sais ? avait-elle réagi après s'être informée sur l'intéressé. Réponse du broussard : affaire d'hommes, on ferme les guillemets. Se souvient-il de son bavardage au moment où elle se plaint des Bafoussa ? Rien ne l'indique. Cependant, Koloké cache mal son embarras en promettant de s'occuper de Jim. Que compte-t-il faire ? En parler à qui de droit, répond-il évasivement.

Don Kol brusque le tête-à-tête et l'entraîne au bar : un ami l'y attendait. Fatou n'en revient pas lorsqu'elle tombe sur le Premier secrétaire de l'ambassade. Elle croise ce numéro à la chancellerie où, échappant à la tutelle du chef de mission, il flique les Kalinais pour le compte du dictateur. Avec le privilège de toucher celui-ci à n'importe quel moment de jour ou de nuit. Le fumier, très controversé, est courtisé par certains, haï par d'autres, mais d'un cynisme unanimement reconnu.

« Celui-là, l'interrompit Jacques Mayotte, ne doit pas figurer sur ta liste de…

— Qu'allez-vous encore insinuer ?

— … Qu'il attendra longtemps avant d'entrer dans ton carnet d'adresses…

— Je l'exècre. Un vil braconnier, fourbe, qui se prend pour le nombril de la terre, mais que tout le monde évite de se mettre à dos. Bref… »

Son trouble est tel qu'elle se perd en conjectures quant aux rapports existant entre Koloké et la teigne. En poste à Paris depuis trois ans, le diplomate s'était taillé une réputation détestable. Koloké avait donc feint de l'ignorer. Jamais elle n'aurait soupçonné qu'ils émettaient sur la même fréquence. Qu'ils se cuitent ensemble, se vantent de fournir le baron de la Sernak en gonzesses, tout cela confirme une vieille complicité.

Bien entendu, elle pense à la fin tragique de Danga, à celle de Masumbuko, et regrette son appel à l'aide. Néanmoins, elle veut savoir si Don Kol se déchargerait sur le poison. Il n'en sera rien. Tant et si bien que l'administrateur représente à ses yeux le terminal logique en la matière.

Ses spéculations capotent lorsque le Premier secrétaire rapporte une scène ayant émaillé le départ impromptu du sinistre baron. Encore une crasse : elle supposait ce déréglé en train de se masturber dans un sex-shop de Pigalle, voilà qu'on lui apprend son retour dans son vivier. Frustrée et se sentant bernée, elle interpelle son amant du regard. Celui-ci lui oppose son impassibilité de façade, impassibilité faite de dissimulation qui corrobore les accusations portées à son endroit…

« Chez toi, je veux dire dans ton pays, s'énerva Jacques Mayotte, les sachems s'occupent à ce point des fesses ? Comment est-il possible que ce Don Quichotte de la forêt alerte un officiel en transit pour une affaire privée qui se déroule en France ? Vous n'avez quand même pas transformé l'Hexagone en Dom-Tom du Kalina !

— Meeeerde ! J'en ai marre de le répéter à tout

venant : que vous le vouliez ou non, je suis française et le reste.

— Eeeh, piano-piano ! Étant française, t'aurais dû porter plainte au lieu de cabaler avec ton Premier consul à la con !

— M'en fous de vos délires ! Jim est un opposant notoire au régime du Kalina, et son boulot dérange certains pontes là-bas. À mon avis, l'impresario allait s'appesantir sur ces sujets et non sur nos bisbilles.

— Autre chose, intervint le stagiaire, qu'alliez-vous tous fabriquer chez ce baron de la Sernak ?

— Ce monsieur est un personnage inamovible. Quand il est de passage, les gens accourent soit pour se rappeler à son bon souvenir, soit pour lui présenter leurs respects. Vital pour trouver un job là-bas ou pour rester en poste. Très porté au sexe, il arrose en prime ses visiteuses et visiteurs en dollars.

— Indécent ! s'indigna Jacques Mayotte. Pourquoi ce distributeur gratuit n'irait-il pas fonctionner dans les cités déshéritées de Kalinabourg ?

— Encore une précision, reprit Max Lannoy, pourquoi regrettiez-vous tant son départ furtif ?

— Euh ! Il m'avait promis un mot d'introduction en faveur d'un cousin qui ne trouve pas du travail... »

Le Porto surgit sur ces entrefaites, de mauvais poil. Il revenait de la Direction générale de la police. Bref aparté avec son adjoint avant de s'intéresser au témoin.

« Madame Mésange, qu'attendiez-vous de Koloké que vous considérez comme dangereux ? Je vous signale qu'il a d'abord téléphoné à Jim, soi-disant pour lui demander le programme de son spectacle. Changement de ton après votre visite : il le convoque, exige l'annulation du concert. Dites-le, tant que vous y êtes, que vous avez été le supplier d'envoyer un télégramme d'encouragement à Jim ! »

Fatou Karibu, étourdie par la question, se mit à tourner son chapeau :

« J'ai été lui demander de faire peur à Jim…

— Voilà la meilleure ! s'écria Cardoso. Madame promet le déluge au doudou viré, vole chez les assassins présumés de Danga et Masumbuko, les branche sur le perturbateur des bals populaires à Kalinabourg, et pense qu'ils vont l'épouvanter ! Si cela était le cas, pourquoi preniez-vous l'avion en catastrophe ?

— J'allais rejoindre mon mari.

— Vous mentez. Parce que vous aviez rendez-vous ce matin avec le maire adjoint à votre association, et vous lui avez posé un lapin. Ce qui sort de vos habitudes. Vous avez aussi déclaré à vos collaboratrices avoir reçu un message de votre mari. Montrez-le ! »

Fatou fouilla dans son sac. Avec jurons et fulminations contre soi-même, question de prêter la forme théâtrale voulue à sa recherche. Estimant que l'intermède avait trop duré, le divisionnaire lâcha :

« C'est malin de chercher un télex qui n'existe que dans votre imagination. Votre voyage a été improvisé. Pourquoi ? Je vais vous le dire : vous ne vouliez pas être présente au moment où quelque chose de fâcheux surviendrait à Jim. Vrai ou faux ?

— …

— Votre fuite, car il s'agit bel et bien d'une fuite, signifie que vous connaissez la suite du programme. Je veux aussi la connaître.

— Je ne sais rien, monsieur l'inspecteur…

— Une garde à vue, loin de toute agitation kalinaise, vous rafraîchira la mémoire. Au bloc ! »

Un îlotier de la commune voisine avait percuté le portrait-robot de Kodjo sur un pensionnaire du foyer africain de sa ville. Prévenu, Babylone prit langue avec lui. Le tuyau s'avéra inappréciable. Le temps d'endosser une salopette et d'emprunter un air marteau, le bricard déboucha au carrefour conduisant au foyer en question.

La place, noire de monde, évoquait un jour de marché dans un village subsaharien. À cette différence près que pas une fesse n'enjolivait le décor. Voix de stentor de rigueur pour communiquer à courte ou longue distance. Les bana-bana, des mecs en costard et mallettes de VRP, racolaient des gus avec des articles cessibles à prix sacrifiés ; des mécanos, dont les combinaisons cradingues servaient de références, démontaient des carrosses à première vue foutus, tandis que des ados rappaient autour d'un poste portatif à l'angle du passage menant au foyer. Surpatte à l'air libre. Jeunes pour jeunes.

Le brigadier aborda deux jeunots à l'écart avec un argument massue : « Y a bon miam-miam à la cuistance ! » Les garçons dévisagèrent le baba cool avec compassion : la crise avait décidément largué des cas sociaux dans la nature. Plutôt que de pignocher la tambouille, les voilà qui piquaient un sprint après la sauce-arachide. Son choix fut néanmoins apprécié. Aux fourneaux !

Trois flemmards jouaient aux cartes à l'entrée de la cantine. Pelotonné dans un coin, hors du temps, un griot grattait sur sa kora. La salle était grande, meublée de bancs et de tables non recouvertes, et pouvait recevoir plus d'une cinquantaine de boyaux vides. Un groupe d'empoisonneuses s'affairaient au fond du local dans un cadre qui leur était réservé. Alors que certaines préparaient les mets hors de la fournaise, d'autres surveillaient la cuisson sous des volutes de vapeur émanant des marmites. Gueuletons à prix dérisoires, consommation sur place, chaleur et sourire épicés.

Babylone dévora le plat de thiéboudiène. Royal. Il voulut en redemander, mais la crainte d'une colique enraya sa boulimie. Son éloge à la cuisinière, une incongruité dans cette phallocratie médiévale, émut la mama. Elle retourna aux fours, ramena un plat de bouraké. Épinards sauce arachides.

« Goûtez-moi ça ! C'est la maison qui offre », roucoula-t-elle d'une voix chantante.

Le fin gourmet se répandit en remerciements. Hantise de l'ouverture d'un dossier disciplinaire pour corruption culinaire active ? Il paya la boubouffe en dépit des protestations du concentré de bonne santé. Adopté.

« Y a pas de tabac à côté ? s'enquit-il dès que l'officier de bouche eut tourné le dos. J'ai une forte envie de griller une clope… »

Un de ses compagnons se proposa de faire la commission, mais Babylone déclina l'offre. Le jeunabre jura sur la tête de sa mère qu'il n'en aurait pas pour longtemps, histoire de monter et de redescendre. Le lardu, bien que gêné par la sollicitude du petit copain, lui tendit un saint-exupéry. Le bonhomme joua des jambes. Pour rappliquer, déçu, dans la seconde d'après. À croire que sa tentative de battre son record de montée et descente avait avorté.

« Tu m'as pas dit combien de tiges !

— Quelle question ! On n'est pas en Afrique, mon futur ministre.

— Ici, les clopes se vendent à l'unité. Comme là-bas. On n'a pas attendu la loi Évin pour parer à leur nuisance. »

Le coursier repartit après avoir eu son renseignement. Il fut bientôt de retour avec le paquet de cibiches, plus deux cannettes de bière achetées à son initiative. Distribution autour de lui, à la cuisine, au coin des artistes. Sans trompetter la consigne du temps : à consommer avec modération.

« J'ai pas pigé, remit le bricard, intrigué. T'as été au tabac ou à l'épicerie ? »

Quel demeuré ! Comment peut-on soupçonner un atome de coopération avec des mégoteurs qui pissent sur la ristourne, sous prétexte que la TVA les étrangle ? Le foyer est un self-service. Livraisons à domicile gratuites et dépannages non assortis d'intérêts. Les CRS peuvent encercler le foyer, imposer le couvre-feu, couper l'eau, le gaz, l'électricité, le ghetto s'en moque. Croyant au canular, Babylone obtint l'accord d'explorer l'immeuble. Excepté l'aile contiguë à la souillarde. Domaine réservé.

Cordonniers, maîtres-tailleurs et docteurs ès-coiffure burinaient dans une aile du rez-de-chaussée ; K7 et CD du monde noir, biscuits et cacahuètes, tabac, boissons et noix de cola, toute la camelote négociable se liquidait dans le couloir du premier, les tissus et pagnes dans celui du deuxième, une boucherie sans esses ni chambre froide au troisième. Marché vert typique. Les locataires disposaient de chambrettes à deux aux étages, mais descendaient à la cave pour les chiottes et douches communes. Des veinards ferraient des souris malgré l'interdiction de les importer, d'autres les utilisaient comme chauffage en hiver. Grâce à Papa Couly.

« C'est qui, ce bwana ?

— Le plus ancien résident en titre. »

Un cas de société. Arrivé en France au sortir de l'adolescence, illettré et sans qualification, Papa Coulibaly broie du noir. Jusqu'à ce qu'il décroche son premier boulot, bientôt comblé par l'attribution d'une chambre de foyer. Des années après, il rentre au bercail, prend femme, mais revient seul. Le coltin. Alourdi par l'apprentissage de l'alphabet : les stations de métro se localisent mieux par leurs noms que par les publicités changeantes qui les ornent. En dix ans, le chaud lapin gère un holding à distance : trois pondeuses, des marmots, des champs. Son rêve est d'assurer aux siens le minimum vital. Puits. Sel. Pieds de vaches. Quitte à vivre sa retraite dans un cadre forgé à la sueur du front.

Par malheur, il signe un Plan Logement, casque pendant cinq ans. Le terme échu, il bénéficie d'un prêt, dont il ne voit guère la couleur, accède à la propriété. Impossible de regrouper la smala : le coût du transport rebute, la règlementation déroute. Vingtième ou trentième année d'expatriation ? Nul ne le sait. Toujours est-il qu'il prolonge un de ses voyages éminemment de travail, puisqu'il engrosse son harem pendant la tournée, reprend son job en retard. Viré. Des mois passent. Le non-paiement des échéances entraîne son expulsion du pavillon. Il prend un avocat dans le but de récupérer son capital. À l'heure de payer les honoraires, il s'aliène le défenseur, apprend qu'un immigré peut vendre ses cotisations de la période active pour prétendre à l'aide au retour. Les conditions exigées le déclassent. Amer et humilié, il regagne son univers. Le terminus.

« Qu'est-ce qu'il fout à présent ? demanda Babylone en comptant des piécettes pour ravitailler en bières la bande finalement formée autour de lui. Il a trouvé un autre job ?

— À l'âge de la retraite ? Le vieux dispatche des nanas dans les foyers afin de récupérer ses cotisations. Dommage que tu sois cloche, sinon on l'aurait prié de t'faire crédit.

— Même t'as besoin de Marianne, renchérit l'autre ado, il te la fourgue entre les jambes ! »

La DST ne se bousculait pas à propos du Premier secrétaire. Par une source officieuse, elle confirma toutefois l'envoi d'une requête au Quai d'Orsay. Le feu vert tardait à venir, probablement en vue de permettre aux différentes cellules africaines de s'accorder sur l'opportunité de l'action projetée. Cela pouvait prendre du temps, vu les approches divergentes sur le sujet. La source fournit cependant une information confidentielle : le concierge portugais de la chancellerie kalinaise avait introduit une demande de naturalisation. Exploitable.

Max Lannoy rencontra le pipelet autour d'une tasse de café. Affable à l'instar de ses concitoyens, la cinquantaine et bien grassouillet, Figueiredo totalisait trente-quatre ans de service chez les Kalinais. À coups de heurts. Signe qu'ils avaient culminé, il se félicita de toute initiative pouvant rendre cette ambassade humaine. Le stagiaire se mit en position d'écoute…

La chancellerie était installée dans un ancien hôtel particulier situé en bordure des quais de la

Seine. L'immeuble avait été acheté au début des années soixante par un gouverneur de province kalinais. Le nabab, surnommé M. Tiroir-Caisse en raison de sa prodigalité, avait amassé une immense fortune grâce aux commissions que les sociétés de sa province versaient sur son compte suisse. Ironie du sort, il était mort en exil, spolié de ses biens par Pupu Muntu, dont il avait été le dépanneur.

Plus de trente ans après, la belle demeure reflétait l'image du pays en faillite : vitres cassées, portes démontées, papiers muraux non renouvelés, couloirs encombrés, système électrique défectueux. Des diplomates impayés depuis six, sept mois, des « ajustés » en sursis selon leurs propres termes, squattaient la mission avec femmes et mouflets après avoir été expulsés de leurs résidences de fonction. Ambiance colo.

« Du coup, s'indigna le concierge, on ignore quand est-ce qu'ils travaillent. Ils traînent encore là entre onze heures et minuit, et Dieu seul sait ce qu'ils traficotent... »

Le stagiaire lui présenta une copie de la lettre adressée à Masumbuko. Aurait-elle été tapée à l'ambassade ? Impossible, répondit Figueiredo : les trois quarts des machines à écrire n'ont plus de ruban. À supposer toutefois qu'elle y ait été confectionnée, son auteur ne pourrait être que le Premier secrétaire. Parce qu'il est le seul fonctionnaire dont les activités échappent à tout contrôle. Pour ses coups de fil, par exemple, il demande au standard de lui passer la tonalité, compose seul le numéro. Pire qu'un punk.

« Vous le connaissez bien ?

— Un mouchard de la pire espèce. Ses collègues le redoutent pour sa nocivité : une dénonciation de sa part peut entraîner le rappel au Kalina. Or personne ne veut y retourner, ce qui explique la passivité du personnel s'agissant de réclamer son dû. Ce monsieur est si méfiant que la femme de ménage passe l'éponge en sa présence… »

Le gardien se rétracta à l'idée de guider l'inspecteur lors de la visite qu'il comptait effectuer la nuit. Des risques corporels étaient à craindre. À toutes fins utiles, il lui dressa un topo des lieux et s'engagea à lui refiler le code d'accès nocturne. Une suggestion conclut la rencontre :

« Ils ont changé la serrure de la cave après l'arrivée, il y a trois ans, de l'ambassadeur et de sa clique. Le double ne m'a pas été remis. Pareil pour le bureau du Premier secrétaire. La cave servait auparavant aux archives. J'aimerais savoir ce qu'ils y stockent… »

Un signal de contact ainsi qu'un scénario catastrophe furent convenus. Rendez-vous à une heure du mat'.

Jeudi, 17 heures. La brigade tenait son point du jour quand le stagiaire apparut, surexcité. Une boutade à l'adresse de Babylone lui permit de plonger dans le vif du sujet sans avoir à s'expliquer :

« Il paraît que tu as résolu l'énigme du foyer. À quel prix ?

— Cent balles ou presque. Tu sais, la vie y coûte moins cher qu'une virée au « Versigny ».

— Cent francs ! C'est le prix d'une journée de travail pour l'OS qui y crèche…

— … mais une misère par rapport aux renseignements obtenus, coupa Cardoso. Baby, résume-lui les faits.

— Papa Couly pourvoit les foyers du département en crevettes. Il est secondé par un métis, sans doute notre Tofla, lequel bénéficie de services de Kodjo. Ce dernier est connu des jeunes pour leurs goûts communs en musique. La putasserie est organisée de telle sorte qu'une prostituée ne reçoit pas le même client plus d'une fois. Raisons supposées : garantir la régulation du trafic, éviter la familiarité, étouffer toute velléité de monter des chantiers parallèles. Papa Couly assure livraison de la volaille de race blanche après règlement auprès d'un agent…

— Hallucinant ! fulmina Jacques Mayotte.

— Tu ne vas pas remettre ça ! tonna le divisionnaire. Qu'est-ce qui est hallucinant ? La prostitution en soi ou des femmes blanches livrées à la continence d'un foyer soumis à un règlement du type d'un monastère moyenâgeux ? »

L'inspecteur s'écrasa, laissant à Max Lannoy le soin d'inverser la discussion :

« Comment procède-t-il ? »

Papa Couly dispose de contacts dans plusieurs foyers de travailleurs immigrés. Ces antennes sont supervisées par des contrôleurs, dont le rôle est de prévenir les indélicatesses. Les fillasses tournent à des dates précises. Par exemple quand les résidents touchent leur paie ou veulent s'éclater. L'abattage s'articule autour du contact. En homme de confiance, il lui revient d'enregistrer les lubies des clients : grand format (châssis Mama Benz), petit format (modèle mannequin), poufiasse, etc. Il détermine également la nature de la proposition (passe, coup flash, nuit non stop), encaisse, veille à l'organisation générale. La sécurité des souris ainsi que le respect du règlement lui incombent, et la rencontre entre les deux partenaires se déroule sous ses auspices.

Les gonzesses appartenaient encore récemment à la communauté majoritaire au foyer. Même les mochetés, qui opéraient en free-lance, se sont abritées sous le boubou de Papa Couly. Le catalogue propose depuis une diversité de croupes. Ouverture sur le monde. Avec des Kalinaises parmi les nouveautés. Remise de 20% aux abonnés, prix plafond exigé des occasionnels.

Concernant les filles blanches, Papa Couly disposerait de fiches techniques comportant leur signalement. Que le résident veuille cochonner une toubabesse, comme ils disent, il communique son type de donzelle au contact, s'acquitte du tarif ; le représentant transmet la commande à la direction, laquelle branche l'hôtesse. Les prix varient selon que le tête-à-tête se consomme au foyer, à l'hôtel ou au domicile du client.

« Monter une telle machinerie pour des cotisations irrécupérables dépasse l'entendement ! s'écria Max Lannoy. Ce bonhomme doit être maboul. On comprend dès lors pourquoi Danga l'a rallié : solidaires dans leurs désillusions, ils ont imaginé le moyen le plus ignoble pour s'en mettre plein les poches. Mais, chef, comment Danga comptait-il encrasser les cascadeurs avec ses… malades ?

— Baby, dit simplement le Porto en se tournant vers le Moco.

— Papa Couly expédie à l'occasion ses amazones dans des foyers de jeunes travailleurs nationaux. Je suppose que Danga, après avoir éventé le filon, en aurait profité pour infiltrer ses agents – comment dire ? – pathogènes.

— Cette affaire est grave, s'insurgea Jacques Mayotte. Plus vite ce gang sera démantelé, mieux cela vaudra.

— D'accord avec toi, concéda le divisionnaire en regardant fixement l'Antillais. Comment se dessine ton enquête ? »

Le relevé des communications de James Ikhata a été épluché. Sur la série des numéros joints pendant son absence, cinq se révèlent intéressants. Par la fréquence et la durée des appels. Le premier, à quatre chiffres, est répertorié dans un trou du sud de l'Ouganda ; un terrain somme toute propice à une braderie de boîtes de conserves. Rien d'anormal donc que le sous-locataire de James l'ait contacté à trois reprises pour lui donner la température de l'Île-de-France. Le hic : les communications avaient été longues, très longues pour des usagers au courant des tarifs de France-Télécom. Que pouvaient-ils se narrer de si important ?

Quant aux autres numéros, le squatter de James les composait chaque matin jusqu'à l'assassinat de Danga. Le premier correspond à la numérotation en vigueur dans le sud-ouest de Paris. Renseignements pris, il connecte un pavillon récemment loué par un cadre africain. Impossible d'en savoir davantage de l'agence. Les trois autres concordent avec la numérotation téléphonique du département. Deux d'entre eux ne répondent plus du fait de l'abonné, ainsi que le déclame le disque du central ; le troisième est situé dans la commune voisine de Pont-la-Montagne et sonne occupé.

« Je vous signale, conclut le Créole, que ces trois numéros figurent sur la liste rouge, car le minitel ignore leurs abonnés.

— Je détiens probablement un élément en relation avec ce rapport, s'empressa d'ajouter Babylone : Papa Couly et son lieutenant se sont cloîtrés depuis deux jours dans leur QG, à savoir l'aile de la cuisine interdite aux visites. Personne ne sait ce qu'ils complotent. Cependant, pour avoir noté les va-et-vient du marabout de la paroisse, mes informateurs pensent qu'ils se livrent au rite inhérent à la confection d'un gris-gris multirisque. Le téléphone a été débranché, d'où sa sonnerie occupée. Question : ce biniou serait-il celui dont parle Bissainthe ?

— Bonne question ! estima le Porto. Après avoir établi la connexion entre Danga et James dans le trafic de voitures, entre le même Danga et Coulibaly sur le proxénétisme, une autre connexion se profile en vue. D'après le rapport de Bissainthe, cette connexion concerne le mystérieux sous-locataire de James et ses correspondants téléphoniques. L'enquête de Baby nous suggère déjà un nom : Coulibaly. Question : de quelle nature est cette connexion ? À mon avis, le squatter de James Ikhata surveillait Danga du Paquebot. Cela étant, ses coups de fil à l'occupant du pavillon procédaient du compte rendu. Sinon, comment expliquer le déménagement de ce dernier juste avant ou après l'assassinat de Danga ? Je parie que ce type orchestre toute l'affaire, ce qui soulève la question de son identité. Deux noms me viennent à l'esprit : le Premier secrétaire ou Koloké.

— J'ai peut-être un début d'explication, proposa Max Lannoy : lors de son interrogatoire, Fatou avait traité le diplomate de vil braconnier. Cette accusation ne peut être gratuite : il se pourrait que feu Ikhata ait trafiqué les singes boucanés avec lui, tout en lui servant de relais avec Papa Couly. Le bloc anti-Danga, car il me semble qu'il s'agit de cela, devait être animé par un dur…

— Hypothèse ridicule, répliqua l'inspecteur Mayotte. J'ai plutôt le sentiment que nous allons éventer une organisation criminelle black jamais montée en France. Avec des ramifications internationales et des imbrications politiques.

— Tu expliques autrement ce que je viens de dire, renchérit le stagiaire. Sauf que c'est simplet. Je répète : la coïncidence n'est pas fortuite dans ce qui est arrivé à Danga, Mazimbiko et Shamar. La cascade d'événements qui s'est abattue sur eux ne relève pas du hasard. Quelqu'un l'a voulue. Qui est-il ? J'ai hâte de le savoir. Surtout pour expliquer pourquoi ce salopard m'a fait abattre un pigeon aux pattes ficelées…

— Autre chose, conclut Cardoso, la Direction générale m'a enjoint d'éclaircir cette affaire dans les brefs délais. C'est dire qu'on met les bouchées doubles. Dès cette nuit. Jacques, occupe-toi de la logistique.

La longue nuit

Bissainthe avait contacté les deux photographes. Ils connaissaient Don Kol : ses frasques et sa dipsomanie. L'original camouflait ses complexes à travers ces excès. Il suffisait de le voir parmi ses compatriotes, au Paris-Kalin, pour s'en convaincre…

Aucune indication ne particularisait le 110 avenue de Paris. Ni enseigne lumineuse ni écriteau pour conforter sa réputation surfaite. Au reste, la haie de buis, haute et touffue, le préservait des regards de la rue. Le bricard sonna à la grille extérieure à vingt et une heures. Attente. Longue attente. Quelques sonneries supplémentaires donnèrent lieu à un allô exaspéré, l'obligeant à formuler le mot de passe. Le visiteur frémit au déclenchement du mécanisme d'ouverture, puis s'engagea dans la propriété.

Une villa à l'ancienne, entourée de ce qui fut un jardin, s'élevait au milieu de la parcelle. Assise sur des feuillages accumulés au fil des années, les arbres alentour lui prêtant un manteau noir, elle dégageait l'air sinistre d'une maison hantée. D'autant plus que des reliefs luisants, des ombres, se dessinaient ici et là sur le devant de la toiture. Dans son malaise, la proie des quimboiseurs (sorciers) de Guadeloupe, Haïti et autres îles des Caraïbes, jeta un regard affolé par-dessus la haie : la lumière des réverbères faisait illusion.

Commc signalé, la dépendance se dressait à droite de la villa. Son mur arrière côtoyait la transversale de l'avenue de Paris, et sa façade, faiblement éclairée, portait la mention « club privé ». Y a rien à voir ; circulez messieurs-dames !

Une serveuse accueillit l'arrivant en patois négro-africain. L'intéressé répliqua en créole, sans se casser la tête, puis sonda la boîte avec la curiosité d'un envoyé spécial du village.

Des posters de femmes nues frappèrent d'emblée son regard. De la pose coquine avec les mains croisées sur le mont de Vénus, les poses suivantes prenaient un coup d'audace, devenaient provocantes, suggestives et d'un surréalisme rendu aberrant par les effets de lumière. Leur disposition murale semblait marquer les différentes étapes du calvaire de l'amoureux. Le club totalisait quatorze de ces affiches ; le même nombre que les stations du chemin de Croix. Sodome et Gomorrhe.

Le bar se composait de deux ailes à l'équerre. La première, située à l'entrée, comprenait le comptoir ainsi qu'une salle d'une vingtaine de tables ; la deuxième, de même dimension, s'étirait au fond de la première et disposait d'une capacité d'accueil supérieure à l'autre. Une mezzanine montée à cheval entre les deux ailes servait de podium. La mezzanine surplombait la piste de danse, également aménagée entre les deux salles. Les WC se trouvaient à l'endroit où la piste s'arrêtait dans la deuxième salle. Juste en face, des escaliers conduisaient à la cave dont l'accès était surveillé par un mastard rébarbatif. Les lumières, irisées grâce aux reflets du spot sur la boule d'ambiance, rendaient les mufles avenants, photogéniques. Le dancing se singularisait par l'absence de fenêtres et d'une sortie de secours, et l'aération assurée par deux énormes ventilateurs. Paris-Kalin. Un mythe.

Une meuf expédia un sourire engageant au nouveau venu. La racoleuse poireautait avec une congénère devant deux verres vides. Bissainthe l'ignora, s'accouda au zinc. Patience conseillée. La vendeuse découvrit subitement un coin crado et l'épousseta. Elle éprouva par la suite le besoin de laver le percolateur, gloussa avec une collègue désœuvrée. Toux insistante du client. Inefficace. Mais le gars des escaliers veillait au bon roulement de la machine : il crachota une vilenie en kalinais, brisant sur le coup le mouvement de débrayage. Le Créole se frotta les mains en passant commande. Prêt pour la sacrée soirée.

Le contact établi, il saisit la barmaid sur le manège de la racoleuse : celle-ci lui montrait avec insistance l'intérieur d'une capsule de bouteille de bière ! Le comptoir railla son décalage : la copine lui signalait sa disponibilité ; réagir de la même manière en cas de oui, sinon présenter le côté opposé de la capsule. Drague à distance. Le flic, quoique rongé par le sentiment de s'être gouré, rejoignit la tapineuse avec des drinks. Ça gaze, la famille ?

Sœur Sourire s'appelait Milie Mbo, sa copine Meta. La première portait une perruque auburn, la face jaunie par les crèmes. Look et sourire de vamp, son attirance fondait lamentablement dans ses initiatives : un séducteur n'aime pas les proies faciles. Meta dégonflait par contre avec sa forte corpulence. La gueule volumineuse, comme moulée dans le capot d'une Studebaker des années cinquante, elle démontait par sa réserve, laissait la nette impression d'être managée par Milie. Nul doute que celle-ci s'acquittait de son rôle en lui refilant du menu fretin.

Confidences. Le club appartenait au frère du mastard, en réalité le prête-nom d'un jaunet démerdard. L'homme de paille rameutait son monde, animait les soirées, gérait les rixes. Un rituel. Les explications musclées se répétaient aux heures indues autour de belles-de-nuit. Car les femelles réglaient leurs rendez-vous en fonction de la force financière des zonards. L'enseigne ne s'affichait pas afin de briser les cafards du service de la Réglementation. Bière, zicmu, nanas, dans un huis clos strictement kalinais. Franchouillards s'abstenir. Sans rancune.

Le programme ne prévoyait pas d'orchestre, d'où la clientèle clairsemée. Une demi-heure après, le Créole flirtait avec ses compagnes. Aucune raison de louvoyer : les liens se tissent à force de tchin-tchin, la cuite canalise les pulsions. Les vampires reluquaient en plus ses mouvements de poche malgré les lingots d'or pendus aux bras, aux cous et aux oreilles. Quelques souris débarquèrent aux environs de vingt-deux heures. Direction : fond de la première salle. Le disc-jockey salua l'invasion en balançant *Mame* d'Oliver Ngoma. Chaleur gabonaise. Cadence. Des hommes et des femmes seuls, des couples sapés à mort, des bandes éméchées se mirent peu à peu à investir le lieu. Tant et si bien que les tables vinrent à manquer. Les commandes affluèrent dans une sorte de compétition non avouée. C'était à qui achèterait plus de bouteilles de « col blanc » et de Pelforth pour sa table. Bibine par-ci, mousse par-là, et la tribu casquait cinquante balles la chopotte avec le sourire.

Les serveuses s'activèrent à un moment donné en proposant des boissons gratuites aux poules, rien qu'aux poulettes. Tournée habituelle de M. Koloké alias Don Kol. Bissainthe avala mal sa dose : il n'avait pas vu le broussard entrer. L'esprit tendu, il passa sa énième commande, fonça aux toilettes. Don Kol trônait au milieu d'une cour féminine au fond de la deuxième salle. L'impresario aperçut le corps étranger à l'instant même où celui-ci le dévisageait. Le temps de réaliser qu'il ne le connaissait pas, il reprit sa causette. Peinard. L'Antillais plongea aux cabinets, tracassé par la question de savoir comment le Kalinais s'était glissé dans la boîte. Sans doute par une porte dérobée, chose étrange pour un m'as-tu-vu.

À son retour dans la salle, le brigadier tomba sur la farce : Milie Mbo se tenait debout, prête à clôturer une soirée à peine commencée. La fendue le déconcerta en venant à sa rencontre, s'accrocha à son bras, puis l'entraîna vers le petit coin. Le fileur présuma une déclaration d'amour sous l'écoulement de la chasse d'eau. Erreur. La meuf monta sur la piste en donnant le coup d'envoi de la soirée dansante : *Je t'aime, moi non plus* de Gainsbourg. Le hit inusable du collé-serré. Des dizaines de couples envahirent la scène et se lancèrent dans des démonstrations langoureuses, non sans altérer la chanson par des voix discordantes : « Je vais et je viens entre tes reins (...), et je te rejoins. » La folie douce. Sous un parfum d'herbe. Le flic situa le fumoir à la cave, d'où l'interdiction d'y accéder.

Quelques minutes après, il exécutait un contre-pas et s'arrêtait. Sa mémoire le trahissait : une poule blanche en tenue africaine sortait de la cave, suivie d'un histrion aux narines éclatées. La femelle ne lui était pas inconnue, mais il ne voyait pas qui elle pouvait être. La dame fourvoya son sigisbée sur la piste. Zouk héroïque.

Tout en ne perdant pas le fil de la danse, le Créole chercha à connaître l'identité de l'indigène, son heure d'arrivée, ainsi que le CV de son accompagnateur. Las de se triturer la cervelle, il résolut la question de l'entrée par une explication de bon sens : la damoche hantait les lieux avant lui. À moins qu'il n'existe une entrée des artistes.

L'inattendu se produisit une dizaine de broques après : Jim Bafoussa émergea du sous-sol avec des tracts. Les jambes molles et le buste oscillant comme un roseau au vent, il se planta à côté du mastard des escaliers, sonda la scène. Complètement pété. Dans son état, le gros pépère de l'Agence double B devait zyeuter les danseurs à l'envers. Le balèze repéra au bout du compte son objectif et lui fit une grimace. Sonia le snoba. C'était donc elle !

Curieux couple ! rumina le poulardin : il se démène pour repêcher un pauv'gars, le présente au gratin humanitaire, lui redonne goût à la vie et se décharge, le matin même, sur les pompes funèbres pour l'enterrer. Sans fleurs ni couronnes. La virée au Paris-Kalin serait sa façon de célébrer le service des morts. Dans la plus stricte intimité. Musique. *Nou pas bouger* de Salif Keita.

Jim s'ébroua après un secouement de sa femme et déboula dans la première salle en état second. Bonsoir, comment va-t-il, des tracts en prime, le plein emploi retrouvé.

La première salle arrosée, il retourna vers la

piste en train de se vider. Son regard croisa celui de Koloké. Le choc. Il bafouilla quelque chose à sa légitime, merdoya le temps de se forger un mufle avenant, puis se dirigea vers l'impresario. Le flic s'imprima dans ses globes oculaires alors qu'il contournait la piste. Au même moment, *Foridoles* de Papa Wemba résonna dans les haut-parleurs. La ruée sur la piste. Délirant. Le big-manager virevolta dans la mêlée, passa comme un météore devant sa belle et fila dehors. Sonia resta interdite. Après des regards interrogateurs à la ronde, elle donna sa langue aux chats et courut après son homme.

Milie Mbo avait suivi la scène et voulut savoir quels rapports le boy-friend entretenait avec le déserteur. La réponse évasive la vexa :

« C'est à croire qu'il venait de tamponner un zombi-là. Il a décampé dès qu'il t'a vu. Au fait, qui es-tu ? Cela fait plus d'une plombe que tu nous dragues, et t'as pas été futé de dire ton blase-là... »

— C'est ma poche qui t'intéresse ou mon état-civil ? »

Faut que je mate de Delly Mputu donna l'avant-goût de la fièvre du samedi soir. Avec un casse-tête pour le bricard : comment expliquer la volte-face de Jim ? Qu'il se barre en le frôlant, passe encore. Mais qu'il se débine au moment de s'encanailler avec l'impresario, parce qu'il venait de noter sa présence, suppose qu'il y a magouille sous roche. Et puis, que voulait-il au crâne moulé ? Lui proposer de fumer le joint de la paix ou le narguer avec un tract ?

Une nouvelle apparition troubla sa méditation. La gonzesse provenait de la cave, décidément un haut lieu de passage obligé, et brillait dans ses atours. Mine délurée et vachement pinocumettable, elle fondit vers le comptoir en remuant l'Antillais :

« Qu'est-ce qu'elle est jazz ! »

Le temps de situer le destinataire du mot doux, Milie Mbo protesta. Mezza-voce :

« T'as deux supernanas avec toi, et tu trouves encore le malin plaisir de vomir que cette chipie-là est jazz. Jazz de mes fesses, oui. Tu nous prends pour tes sœurs-là ? »

Par maldonne, la vénus avait capté Radio-Paris-Kalin et fonça sur la speakerine !

« Tu me cherches des crosses ? »

Loin d'être impressionnée, Milie réitéra sa gentillesse. En demi-teinte :

« C'est pas à toi que j'cause, mais à mon chéri-là. Attends de m'adresser la parole quand t'en auras un. D'ici-là, bouge-de-là ! »

Bissainthe sursauta en abattant son poing sur la table. Son malaise s'expliquait. Images d'archives. La nouvelle venue s'appelait Diamante ; Milie Mbo était sa copine, la troisième commère du film du Pacifique ! Pour une raison inconnue, les deux gigolettes s'étaient brouillées depuis la bamboula au champagne :

« Mon chéri, qu'elle blatère, répliqua Diamante. Tu sais qui c'est ? Un poulet, ma vieille ! »

Silence dans le local. Le bouche à oreille s'emballa sur-le-champ. Clandos, mariés orgiaques, juponniers à la mauvaise conscience, dealers et autres fripouilles allergiques à la police furent sur le qui-vive. Les videurs, profitant de leur position stratégique à la porte, se sauvèrent sans demander leur reste. Remue-ménage dans la deuxième salle.

« Eh bé ! s'écria l'incriminé à la cantonade, c'est bien mon jour. L'autre me prend pour le monstre du loch Ness et disparaît dès qu'il pénètre dans mon champ magnétique, et cette sirène me considère comme un keuf ! Comment peut-on galérer avec une telle pêche ? La guigne, n'est-ce pas ? »

Le brigadier accompagna son plaidoyer d'un regard foudroyant, puis éclata de rire :

« Oui, ma belle-en-brousse-dormant, j'aimerais bien être flic, mais pas n'importe lequel : commissaire principal. Pour voir la troupe au garde-à-vous quand je me rends-là-où-le-pape-va-seul. Dès demain, je m'inscris à l'ANPE. En attendant, fais-moi le plaisir d'une danse… »

La voix sensuelle de Lokua Kanza inonda la salle dans *Juste un peu d'amour*. Pause câlins. Diamante accéda volontiers à la demande. Mais Milie Mbo, dépitée par ce revirement, opposa son veto. Le flic la toisa avec l'intention de briser l'obstruction systématique. Le désarroi visible sur la figure de la jalouse le désarma. Il inclina la tête, lui lécha les amygdales, puis s'en fut rejoindre la trouble-fête. Amer. Don Kol avait disparu en abandonnant sa suite.

« T'es la lune qui brille dans la nuit profonde de mon être, lui susurra-t-il sans entrain. C'est la première fois que je viens ici. Pour te découvrir…

— La première fois ! s'exclama Diamante. T'es quand même pas venu avec ces grues, puisqu'elles moisissent là depuis l'ouverture…

— J'avais un rencard avec un pote qui m'a faussé compagnie. Un coup typiquement kalinais, semble-t-il. Bien heureusement qu'il m'avait refilé le mot de passe…

— C'est dire que t'as pas de carte de membre. T'es d'où ?

— Des îles…

— Waouh ! Ça va me changer des Madjid, Kodiongo et de ces demeurés. Qu'est-ce que tu fous, Papy ? »

Papy ! Le terme d'affection par excellence à l'égard du bien-aimé. Assurance-canapé !

« J'applique à la lettre la règle des quatre b : bien bosser, bien boire, bien bouffer, bien baiser…

— T'es trop, Papy ! On va se marier. Même à l'essai. Je quitterais mes oripeaux de Kalinaise sans verser une larme.

Quel destin pour la fille de sa mère ! »

La piste ne désemplissait pas. Le couple chaloupa hors de vue de Milie, la tête de la déesse blottie dans l'épaule du cavalier. Bissainthe lui souffla son ardent désir de la revoir. Dans un autre cadre. Plus intime. Question d'éteindre le feu qui couvait en lui. L'adresse, s'il te plaît. Diamante éluda en swinguant. Swing low…

« Dire que j'ai pris un mec aussi bandant pour un flic…

— Tu m'aurais vu où ça, ma puce ?

— Parmi les poulets qui enquêtaient aux Peupliers, le surlendemain du meurtre d'un compatriote. Ton sosie, seul Black de la flicaille, détonnait pour passer inaperçu. »

L'agent remercia sa doche de l'avoir enfanté nègre, sans quoi il aurait pâli devant la confidence : le surlendemain de l'assassinat de Danga ! Un long silence, heureusement couvert par l'endiablé *Agolo* d'Angélique Kidjo, s'ensuivit. Le Créole le rompit par une parade :

« Tu habites aux Peupliers ?

— Nada. J'y suis passée quand les perdreaux opéraient…

— Je suis sûr que tu crèches au Paquebot !

— T'es saoul ou sourd ? J'étais là pour un service à rendre. Pourquoi veux-tu que je raconte des craques ?

— Quels risques t'as pris ! Ils auraient pu te vigipirater.

— Tu charries ! Ils avaient déjà le quartier à cuisiner pour s'accrocher à une passante. Pourquoi cette insistance ? Écoute, Papy : on part ensemble. À condition de ne plus rejoindre cette salope…

— Banco ! Mais tu permettras que je lui dise au revoir…

— Pas question. »

Diamante entraîna son prince dans la deuxième salle. Elle commanda deux stouts, payées ostensiblement de sa poche, causa avec une morue de la bande à Koloké, siffla sa brune, puis carbura au scotch. Triple sec. Investissant la piste, elle brilla dans l'exécution de *Kazalé* des Touré Kunda, la fit bisser. Reggae Casamance. Difficile de glaner un tuyau sur la cave ou de la briefer sur son raid aux Peupliers. Milie s'amena en l'absence de la nymphe, partie aux WC, afin de récupérer son lièvre. Mais celui-ci l'envoya dinguer avec une chopotte. Bonjour les dégâts !

Diamante décida le départ aux environs de quatre heures. Pendue aux bras du julot, elle défila devant Milie en fredonnant *Saga Africa*, ambiance de retour. Tristounet pour les perdantes. La délaissée démonta l'embrigadé en exigeant un dédommagement pour sa soirée chômée.

« Comment penses-tu que je vis ? À attendre que monsieur passe m'offrir de la flotte ? »

Fifille assuma la défense du mauvais client. Mal lui en prit. Happée par l'enragée, elle reçut un coup de tête dans le portrait, pissa du nez. Pas élevée dans une couveuse, elle mordit à son tour le bras de la rivale en lui arrachant un cri terrible. Bissainthe s'interposa, mais Meta cueillit la galante par-derrière et lui fendit les lèvres d'un horion. Le casque bleu cria à l'aide. Vainement. L'assistance se tint prudemment hors du ring. Spectacle en live. Avec coups et blessures volontaires.

Le vigile des escaliers se remua, en expulsant les affreuses, lorsque des tables et des verres furent renversés. Il emmena ensuite Diamante pour des soins au mercurochrome.

« Je ne te lâche plus après cette scène, brailla la muse graffitée à l'adresse de l'îlien. T'en es la cause.

— Moi ? protesta le bricard. Votre querelle date. Je me demande s'il n'y a pas derrière une histoire d'homme. En fait, je n'aurai servi que de détonateur, pauvre de moi ! »

Diamante et Milie s'étaient brouillées après l'assassinat d'un concitoyen, un certain Danga dont parlaient les journaux. Hôtesses libres, elles bossaient avec le défunt. L'homme les manageait, gérait leur emploi du temps. Sa disparition subite a tout chamboulé.

Désarmées face au monopole de son ancien associé, elles ont vu leur champ d'action se rétrécir. Jusqu'à se limiter aux seules boîtes kalinaises. Des frictions dues à la concurrence qu'elles se livrent en ont découlé : si Milie Mbo peut encore tirer son épingle du jeu, ses deux copines, en l'occurrence Salima et Meta, n'ont guère de chance sans un bidochard. Le trio la jalouse, d'où la rixe :

« Si elles sont moches, qu'elles s'en prennent à elles-mêmes. T'es pas de mon avis ?

— À 100%. Sauf que tu boursicotes à la cave au moment où, selon tes propres termes, elles moisissent dans la salle !

— Je descends à la cave pour fumer une clope et m'amuser avec des potes, alors qu'elles guettent des branques. Le comble est qu'elles ne sont même pas avancées quand je remonte. Je leur demande pas de baliser mon chemin...

— Tu entretiens malgré tout ce climat : en retenant à la cave des clients potentiels pour tes sœurs, tu les pousses à la jalousie. Qui sait ce que tu y fabriques !

— En tant que « traiteuse », je rencontre mes partenaires d'affaires à la cave, hors de vue de ces envieuses. Aujourd'hui, par exemple, j'ai coopéré avec le big-man, une grosse pointure du show-biz. On a conclu un deal : la commande d'une centaine de clopes pour son spectacle, la moitié de la facture étant payée cash !

— Qu'est-ce que c'est ce grenouillage ? T'es devenue la Seita ou quoi ? »

Diamante ne put s'empêcher de rire malgré le mal qu'elle avait pour desserrer la mâchoire. Prenant l'air mystérieux, elle se colla au Créole avant de lui souffler :

« Ces clopes sont en réalité des pétards. J'obtiens du kif en dosant du cannabis et du tabac. Après quoi je le bourre dans des tiges de cibiches vidées de leur contenu. Le big-man assure la revente par ses colporteurs. Va savoir qui grille une sèche ou du kif dans la salle bondée... »

Dix minutes venaient de s'écouler depuis que le couple attendait un taxi devant le 110 avenue de Paris. Le brigadier proposa à sa compagne de foncer jusqu'à la porte la plus proche, escomptant profiter de la promenade pour lui tirer les vers du nez :

« Comment tu t'approvisionnes ?

— Je suis fournie par le copain qui m'avait envoyée lui chercher son barda oublié chez un ami. On pourra s'associer, car tu me plais…

— Ton offre m'intéresse. On fait vraiment du fric ?

— Huit à neuf mille balles la barrette de shit. Tout à l'heure, mon copain en question… tu l'as peut-être vu : le beau gars qui est remonté de la cave avec une volaille blanche, la ménesse du big-man. J'crois que ce « foutreur » veut la tromboner…

— Ce keume au renifloir très fâché ?

— Arrête de chipoter. Dactylo est un mec réglo. Lui et moi, on ne mélange pas coucheries et bizness. Du kif avec le chicha : il n'y ajoute pas le havane. Un chanvreur pur et dur.

— Comment peut-on s'enticher d'un tel repoussoir !

— J'aurais pas décollé sans lui. Idem pour les Bafoussa : aujourd'hui même, il leur a refilé je ne sais combien de bâtons pour entrer dans le capital de l'Agence Black. En même temps, il a tenu à ce qu'ils me passent commande de l'herbe qu'il m'avait avancée. Bien entendu, je casque la provision et lui ristourne 30%. Tu m'ferais ça ? »

Max Lannoy traînaillait depuis plus d'une demi-heure dans le quartier des ambassades. Anxieux. Pressé d'en finir avant de rejoindre sa planque au foyer africain. La nuit allait être mouvementée, pleine de surprises. À commencer par celles qui l'attendaient chez les Kalinais.

Moins que de la petite délinquance, le viol d'une mission diplomatique, surtout quand il est l'œuvre d'un agent du pays hôte, appelle le carton rouge. À plus forte raison quand le sous-fifre opère sans couverture de sa hiérarchie. La suite relève du lieu commun : le fortin visité proteste, le ministère de tutelle tempête, le fusible saute et la justice glougloute des « attendu que ». Galères.

L'inspecteur s'abrita sous un arbre à une centaine de mètres de l'objectif. De son guet, rien ne lui échappait de l'entrée de l'immeuble. Au reste, la plaque de la représentation, une pierre de marbre noir reproduisant un crocodile menaçant – l'emblème du Kalina – semblait le défier.

Le signal fut donné au moment convenu : deux brefs éclairages d'un appartement, suivis d'un long. La voie était libre. Il s'avança vers une fenêtre du rez-de-chaussée, prit le mot qui lui était tendu. Le code d'accès. Figueiredo souleva le pouce en signe de bonne réussite, puis se barricada.

Le portail s'entrebâilla en grinçant. Le visiteur ne

s'en inquiéta pas outre mesure, le pipelet l'ayant prévenu que les habitants vadrouillaient souvent la nuit. Un projecteur éclairait l'allée gazonnée qui contourne le grand bâtiment et mène à l'arrière-cour. Il la traversa, plié en deux, s'arrêta devant l'entrée principale. Détendu. Les Kalinais déconnaient : l'obliger à prendre tant de précautions, à se faire du mauvais sang, pour avoir à composer le code d'accès d'une porte béante ! Il franchit la baie non vitrée, souleva les rideaux pour se glisser dans l'officine présumée de toutes les magouilles.

Pas un trait de lumière ne filtrait de l'épais camouflage du vestibule. Des minutes d'observation lui furent nécessaires pour repérer l'escalier qui conduisait aux étages. Il l'emprunta à tâtons, s'engagea de même dans le couloir du premier. Deux, trois, quatre portes défilèrent sur sa droite. Il s'arrêta devant la cinquième. Soulagé. Aucune inscription ne figurait, comme prévu, à l'huis du provocateur attitré de l'ambassade.

L'antichambre s'ouvrit après deux tours de son passe-partout. La pièce était spacieuse, pourvue du mobilier dernier cri et parée d'un portrait grandeur nature du maréchal Pupu Muntu. Trois portes intérieures communiquaient avec le local. Visite guidée : celle de droite donnait aux toilettes, celle du milieu au burlingue du diplomate et celle de gauche à son secrétariat. Privé. Selon Figueiredo, le Premier secrétaire employait sa nièce bien qu'elle fût étrangère aux effectifs de la mission. L'esprit de famille.

Dès son entrée dans le bureau, Max Lannoy fut frappé par des rayons lumineux qui traversaient la jalousie. Un coup d'œil à la fenêtre refréna sa parano : l'éclairage provenait du bâtiment de l'arrière-cour, cadre du sit-in civique des agents impayés. Bruits des téléviseurs en marche. Il alluma sa torche électrique, balaya la pièce. Superluxe.

Rien de rigolo sur le bureau Empire, et moins encore dans les tiroirs. Les étagères ne le branchèrent nullement. Du trompe-l'œil. L'armoire lui livra en revanche un stock de passeports et de cartes d'identité kalinais. Soupçonneux, il retourna au bureau, rouvrit le tiroir de bas : sept certificats de réfugiés ! Il venait de les voir sans réaliser qu'un apatride n'a pas le droit de copiner avec la représentation de son pays. Les bénéficiaires étaient de nationalité kalinaise et résidaient en Île-de-France. Comment expliquer la présence de leurs cartes dans ce tiroir ? Les auraient-ils perdues, trafiquées ? Il nota les noms et adresses des titulaires, puis s'attacha au coffre-fort.

Les combinaisons diverses, des plus simples aux formules savantes, échouèrent lamentablement. Il recourut à son canif, petit bijou de la taille d'un onglet conçu par lui-même et fabriqué par un artisan coutelier de la Haute-Marne. Application pratique. Un travail de fourmi. Le coffiot s'ouvrit au bout d'un tripotage harassant. Braquant sa torche, il resta sans voix devant la vision. Des liasses de cinq cents francs, toutes neuves, s'entassaient sur deux étagères. Il y en avait pour plusieurs millions. De quoi éradiquer le palu sous les tropiques.

Max Lannoy n'avait jamais vu de telles liquidités de sa vie. Sonné, il essaya de comprendre comment un individu pouvait disposer d'une somme aussi importante à portée de la main. Aucune explication ne lui venant à l'esprit, il nota que l'étagère du bas débordait de papiers à en-tête de l'ambassade. Bizarre que l'occupant garde un tel stock, alors qu'il peut s'approvisionner au fur et à mesure de ses besoins. Il souleva par hasard une pile, tomba sur des feuilles gravées République Française. Le lot comportait des papiers de correspondance de la préfecture de police, de la Commission des recours et de quelques administrations. Pas la peine de spéculer sur leur authenticité : leur présence dans le bureau plaidait l'usage de faux.

Le stagiaire songea à emporter un exemplaire de chaque document, mais y renonça : leur provenance serait difficile à prouver en cas de contestation. Puis, à l'idée que le Porto réagirait de même sans preuve matérielle, il en glissa un de chaque dans ses chaussettes et gagna le secrétariat par une porte intérieure.

Fouille de la pièce avant de tirer la conclusion tant redoutée : la machine électrique n'avait pu servir à dactylographier la lettre adressée à Mazimbiko, aucune boule du jeu utilisé n'offrant les mêmes caractères que le courrier fatal.

Ses soupçons ainsi balayés, il s'évertua contre l'armoire murale. Le premier dossier se révéla sans intérêt. La lampe s'arrêta aussitôt sur une série de classeurs aux intitulés étranges. Il en retira un pour savoir à quoi rimaient les formules insondables, mais laissa son regard errer dans la mêlée cabalistique. Jusqu'à ce qu'il clignote à la vue du mot POK. Vérifications faites, les intitulés correspondaient aux sigles de partis kalinais de l'opposition, et les classeurs contenaient des fiches signalétiques de certains de leurs membres. Avec moult détails sur leur vie privée. Celle de Danga, mémo truculent de son train dissolu, portait la mention « très dangereux » écrite au stylo rouge. Le mot KO figure au bas du carton.

L'examen du classeur POK confirma ses appréhensions : sur les dix pokistes fichés, quatre traînaient le qualificatif « très dangereux ». Jim Bafoussa et le délégué général du mouvement comptaient parmi les personnes restant à abattre. La décapitation de l'appareil néo-stalinien entrait dans sa phase décisive.

Mais quel crime avait commis Jim pour s'attirer les foudres du pouvoir kalinais ? s'interrogea Max Lannoy. La politique ? Il n'en savait fichtrement que dalle pour se brûler à ce point. Une affaire de fesses ? Ridicule mais fort possible dans cette chefferie arriérée où, selon ses informations, n'importe quel détenteur d'une parcelle de pouvoir séduit la femme de son collaborateur. Pour humilier celui-ci et, aussi paradoxal que cela paraisse, se garantir de son attachement. Par la menace permanente d'un bavardage déshonorant. Mais cette hypothèse se réfutait, vu que Jim ne s'était jamais frotté au pouvoir. Concernant ses programmations, elles étaient menées à la petite semaine pour ne gêner personne. N'importe qui pouvait les exercer. La preuve résidait dans Koloké. Sauf que l'ogre prétendait à une exploitation monopoliste d'un plateau fait pour mille.

L'inspecteur chercha la fiche de Mazimbiko : inconnu chez les anti-puputistes primaires. Il referma la porte, piqua vers la cave par l'itinéraire conseillé. Un constat : il suffirait que l'ambassade dispose d'une entrée dérobée pour que le Premier secrétaire, ou un autre diplomate, reçoive un quidam à l'insu de la maison.

Trois gros cadenas scellaient la cave. Le visiteur eut raison du premier grâce à son canif, puis força les autres sans difficulté. Il repoussa la lourde, appuya sur le commutateur. Obscurité compacte. Vaine recherche d'un interrupteur avant de consulter sa montre : il hantait le site depuis plus d'une heure ; une raison de se grouiller.

L'arôme de café frappa son sens olfactif. Il braqua sa lampe, découvrit une douzaine de sacs estampillés Robusta. Louche. Les sacs occupaient la surface comprise entre le mur de soutènement de gauche et le milieu de la cave, et portaient l'adresse de la chancellerie. Les plus proches de l'entrée n'avaient pas été ouverts. Un coup d'œil lui révéla qu'ils n'étaient pas moulus. Casse-tête.

Max Lannoy n'avait aucune idée de la valeur du brut ni du nombre de petits noirs qu'il pouvait rapporter. Debout dans l'obscurité, il cogitait sur la destination finale du stock, non sans se demander comment l'ambassade allait le torréfier, lorsqu'une actualité brûlante lui mit la puce à l'oreille. Sa main droite puisa une poignée de grains dans le sac, puis les rejeta après examen. Plongeant de nouveau le bras, il retira une autre poignée qu'il se mit à étudier.

L'insolite apparut au travers d'une quantité infinie d'éléments microscopiques entremêlés aux grains. Un flash crépita dans sa tête alors qu'il tentait de déterminer leur nature : la poudre provenait de pavots pilés, vu que des particules de feuilles de chanvre apparaissaient çà et là. Réexaminant les grains, il discerna ceux qui étaient gros et émanaient de cerises – le fruit du caféier contenant deux grains –, de ceux, plus petits, de la même couleur, mais qui appartenaient aux urticacées. En les mélangeant au café ou au piment rouge séché, le trafiquant dribble les contrôles : l'odeur de ces fruits annihile le flair des chiens dressés dans le repérage des stupéfiants. L'ambassade réceptionnait donc du cannabis. D'où ces millions entassés dans un coffre pour servir aux opérations occultes.

Une ombre défila devant lui alors qu'il éclairait l'espace situé sur sa droite. Il éteignit la lampe, retint son souffle. Fausse alerte. Encore un tour des filaments qui flottent dans ses yeux. Rallumant la torche électrique, il tressaillit devant le tableau : des chaînes se terminant en menottes pendaient à dix centimètres à hauteur d'homme de trois esses fixées au mur. D'autres crochets de taille réduite se trouvaient au bas du mur. Les fers.

Faisant un rapprochement avec les cartes découvertes, il craignit fort que leurs titulaires n'aient terminé leur exil dans cette cave. Sans que la proximité du Parvis des Droits de l'homme ne remue le fond d'humanité du tortionnaire. Il en était à cette réflexion quand la porte s'ouvrit brusquement. Il tourna sur lui-même, mais fut aveuglé par la lumière : le commutateur se trouvait dehors.

« Les bras en l'air ! Vous deux, fouillez-le ! »

L'inspecteur, reconnaissant la voix rocailleuse du Premier secrétaire, regretta de n'avoir pas emporté son arme. La légende du nègre pacifique : le folklore l'équipe de fléchettes, sagaies et tambours, même pour ses attaques à main armée, raison pour laquelle on lui dépêche des bras croulant sous des tonnes de riz, de boîtes de lait, de biscottes, le piège à rats restant bien dissimulé…

Le stagiaire n'eut guère le loisir de divaguer. Deux musculeux s'abattirent sur lui et le maîtrisèrent en un clin d'œil. Jeté par terre, il fut entravé avant d'être relevé, plaqué contre le mur, enferré.

« Mais, dis donc, s'exclama le chef du commando, le bras droit toujours en écharpe et l'autre tenant un pétard, c'est mon ami le journaliste... »

Le stagiaire se demanda comment tirer parti de ce bon souvenir : en route pour le cimetière lors de l'enterrement de Danga, il s'était présenté en plumitif à ses passagers. Fourbe émérite, le Premier secrétaire avait soutenu dévorer son journal, pur produit de son imagination. Tant mieux si le petit mensonge rapporte des dividendes...

Les séides fouillèrent l'intrus en dépit de l'emballement du caïd. Le zigomar ne possédait rien sur lui. La note et les papiers pris dans le bureau furent dénichés, remis au boss. Celui-ci inspecta la cave, puis retourna à la porte après son inventaire :

« À quoi correspond cette liste ? » s'enquit-il en brandissant la note, tout en enjoignant au mecton de sa suite d'aller jeter un coup d'œil à son bureau.

Max Lannoy se félicita d'avoir refermé la porte, même s'il n'avait pu le faire pour le coffre. Le Premier secrétaire le dévisagea en tripotant sa bedaine, signe qu'il attendait une réponse à sa question :

« Je travaille sur une enquête, Excellence. Cette liste reprend des noms de gens dont j'aimerais savoir ce qu'ils sont devenus. Certaines personnes qui figurent sur la liste m'ont affirmé que l'explication de leur disparition se trouve dans cette maison...

— Vous délirez complètement. Les propagateurs de cette rumeur prennent leurs cauchemars pour la réalité. Nous sommes dans un pays ami et nous nous interdisons d'y faire notre ménage. Nous surveillons bien sûr nos ressortissants, un problème somme toute de cuisine interne. Quand un malin déraille, nous le signalons à l'antenne ministérielle. Son compte est en général bon… Au fait, c'était encore quoi, le titre de votre canard ?

— Excellence, éluda Max Lannoy, c'est une prise d'otage…

— La ferme ! Vous violez l'ambassade, et vous avez encore le culot de roucouler cocorico-vive-nous ! Je vais vous apprendre une chose : vous êtes ici sur le territoire de la République du Kalina et vous allez subir sa loi. Dactylo à la frappe ! »

L'inspecteur encaissait déjà la torgnole. Un scénario réglé. La porte se rouvrit dans la foulée, non sans arracher un regard désespéré au casse-cou : le petit gorille rentrait en lieu et place du préfet Broussard et de ses tireurs d'élite.

L'éclaireur fit son rapport, puis passa à l'entraînement. Séance libre. Un défoulement. Le temps de réaliser qu'il servait de punching-ball et de se rappeler les précautions à prendre, le stagiaire criailla :

« Arrêtez vos forcenés, Excellence. Aïe ! La police sait que je suis ici et m'attend dehors. Vous pouvez le vérifier. Aïe, aïe ! Si je ne sors pas tout de suite, ça va castagner, et tant pis pour l'image de marque de votre croco… »

Les hommes de main s'exécutèrent en automates. Celui qui revenait de l'étage était ramassé, du genre rétif au contact. L'autre était grand, pourvu de bras de puncheur. Son naseau était si écrasé que sa respiration devait souffrir des bouchons. Que ne profitait-il pas de la chirurgie plastique pour s'offrir un pif à la Michael Jackson ? C'est ce bulldozer que le Premier secrétaire avait appelé Dactylo. Son bras se détendait avec une puissance fulgurante, lâchait trois, quatre coups méchants avec la rapidité d'une dactylo de première force. Un massacreur.

Le diplomate consulta sa conscience avant d'expédier le microbe aux nouvelles. Meublant la pause, il discourut sur l'exterritorialité d'une mission diplomatique, sur son immunité personnelle. Le pire qu'il puisse craindre serait d'être déclaré persona non grata, mais il entretenait des amitiés dans les hautes sphères…

« Qu'est-ce que vous cherchez au juste ?

— La vérité sur les meurtres de Danga et Mazimbiko. Toute mort violente est sujette à enquête autant de la part de la justice que de la presse dans ce pays.

— Vous voulez mon avis ? Que vos deux créatures souffrent en enfer tant qu'elles y rôdent. De tout temps, les félons n'ont jamais eu droit qu'au mépris et à la mort. Qui vous paie ?

— Ma fureur de savoir. Qu'on m'enlève ces chaînes, Excellence. On n'est pas au Moyen-Âge…

— Ces chaînes constituent un héritage de votre

civilisation : après les esclaves, les forçats, les prisonniers, c'est au tour des chiens de les subir. Vous appelez ça des laisses. Ma culture ne revendique ni les unes ni les autres… »

L'envoyé revint aussi vite qu'il était parti. Son compte rendu fut exposé à voix basse, les gestes nerveux et le regard affolé.

« Écoutez, émit la voix rocailleuse après réflexion. C'est peut-être une erreur que je commets. On va vous délivrer même si rien ne m'y oblige : des précédents ont démontré que la police peut camper dehors indéfiniment. Sachez que si un seul détail de votre intrusion paraît dans un journal, vous serez viré. J'utiliserai à cette fin toutes mes relations, toute l'influence de mon pays. Ceci dit, regardez à votre droite : le fût est rempli d'acide sulfurique. Renseignez-vous sur son utilisation parallèle… »

Max Lannoy se garda d'exprimer son sentiment. Le diplomate, croyant l'avoir assagi, rangea son armure avant d'ordonner qu'on le déferre. L'inspecteur exécuta quelques exercices avant de s'avancer vers le ventriloque :

« Que Votre Excellence dorme sur ses deux oreilles. Rien de ce que j'ai vu ici, ou ailleurs, ne paraîtra dans la presse. Parole d'honneur.

— Revenez me voir à l'occasion. Je peux vous aider matériellement, organiser un reportage au Kalina – tous frais payés – afin de vous imprégner des réalités du plus beau pays du monde…

— Non merci », coupa court l'inspecteur.

Le Premier secrétaire éclata de son rire cochon alors que le stagiaire sortait de la cave. Le parc automobile de la police municipale stationnait devant l'ambassade. Le chef de la ronde s'amena à sa rencontre, heureux de le récupérer sain et sauf. Bref entretien entre les deux flics avant que l'îlotier n'entraîne son collègue à la voiture. Max Lannoy se retourna avant de monter : aucune lumière ne filtrait de l'appartement du concierge, mais il devinait celui-ci en éveil après avoir donné l'alerte. Comme convenu.

Jim Bafoussa sortit de Paris-Kalin, talonné par sa bergère. On avait beau composer avec qui l'on voulait, se mouiller avec n'importe quel individu, fréquenter la basse pègre, mais qu'un agent vous surprenne avec un Wanted, même croisé fortuitement, vous voilà cuit. Valait mieux laisser le poulet en conclave avec le crâne étiré, d'autant que l'ambiance devenait malsaine dans la boîte. Il regagna sa voiture et la mit en marche dès que sa moitié fut à ses côtés.

La blondasse toisa le mec avec l'espoir qu'il fournirait une explication à sa sortie intempestive. Des nèfles. Jusqu'à ce que des onomatopées assorties du mot rencard viennent troubler le silence. La damoche vit dans cette attitude le machisme viscéral des malafoutiers, toutes cases confondues. La haine visible sur ses lèvres, sur la binette, dans ses yeux, la poussa à la question orale :

« Tu décides maintenant le départ selon ton bon vouloir !

— Arrête de m'bassiner. Ça t'amusait que j'assiste au flirt naissant entre toi et cette face de rat ? Son fric, tu sais, on peut s'en passer…

— Tiens donc, monsieur est jaloux ! Que dire de ces sœurettes, tantines et autres voisines de Kalinamerde qu'il saute à la première occasion ? J'ai jamais été dupe. Surtout avec cette roulure de Diamante. Si tu crois te passer de son fric, comment vas-tu programmer les artistes que j'ai dénichés ? »

Jim déposa sa bourgeoise devant la propriété. Loin de céder, il ne se sentait pas d'humeur à batailler. Son souhait était de tout plaquer et d'aller au lit, tellement il se sentait patraque. Les excès de la soirée. Son organisme payait les discussions, verres avalés, joints grillés, ainsi que la haute tension occasionnée par la présence du flic au Paris-Kalin. Il fallait absolument lutter contre le coup de pompe, faute de quoi son déplacement en Basse-Normandie serait compromis. Trois heures cinq à sa montre.

« Tu es sûr que je ne t'accompagne pas ? » demanda la voix rauque, pateline, à travers la vitre.

— La femme est interdite de cérémonie de sacrifice depuis la nuit des temps. En plus, ça ne me tente pas de couvrir trois cents bornes en ta compagnie après cette soirée… »

Bisou mécanique devant la porte. Jim courut à la cabane servant d'entrepôt aux outils de jardinage. Il réapparut au bout d'un moment avec un chevreau.

La bête lança des cris déchirants pendant qu'il la transportait à la voiture. Les bêlements étouffés dans le coffre, il remit le moteur en marche.

Son malaise revint, insidieux, alors qu'il quittait la rangée de stationnement. Il coupa le contact, débobina le film de la journée. Impossible d'expliquer son blues, hormis la pénible découverte du jour : savoir que sa merluche, à ses yeux amortie et condamnée à la figuration, peut allumer, provoquer des vagues, le mettait dans tous ses états.

Il embraya en proférant des exécrations contre son associé, tout en se promettant de lui rendre sa mise et de l'éloigner de son orbite. Sa main se glissa machinalement dans une poche de la veste et palpa les deux briques cinq réservées au mage pour ses honoraires.

Le féticheur se manifesta au deuxième coup de klaxon. Tête de père pénible dotée d'un bouc poivré, le personnage semblait sortir d'un conte de la savane. Il prenait du carat, entamait la phase de tassement irréversible où les papies blacks, renonçant aux cotisations retraite, à l'isolement-vieillesse, aux cercles du deuxième âge, préfèrent la chaleur de leurs origines et l'affection de leurs arrière-petits-neveux à la froidure des gens du nord. Le vioque marchait en s'appuyant sur une canne, la main droite chargée d'une valise dont il refusa de se séparer. Jim lui présenta ses respects, mais le pépé grognonna sans raison. N'étant pas disposé à palabrer, il s'engagea sur la route en silence.

Ni l'un ni l'autre ne connaissait la destination finale. Ils visaient cependant un endroit retiré de la forêt d'Andaine, en Basse-Normandie. Le cadre devait répondre à l'image vue par le mage dans un rêve. Et le programme au rituel fignolé dans la nuit de mercredi à jeudi, à l'issue du carrousel occasionné par la visite du big-manager au Pacifique : arrivée avant l'aube, invocations et sacrifice aux premières lueurs du jour, poursuite de la cérémonie jusqu'au coucher du soleil. Un slip de feu Masumbuko sera imbibé de sang de la bête et enterré. Sa guigne s'insinuerait alors dans le corps d'un bougre sans défense, une poubelle humaine destinée à canaliser mouscailles, lèpres et plaies d'autrui. Quant à l'Agence Black, elle connaîtrait une remontée spectaculaire. Démonstration magistrale lors du spectacle.

Jim s'arrêta au bout d'une cinquantaine de kilomètres. Le capot ouvert, il vérifia que le plein du réservoir avait été fait, l'huile de moteur changée, l'eau remise. Loin de le rassurer, ce contrôle l'exaspéra : quelque chose clochait dans la mécanique sans qu'il ne sache quoi. Basta ! Il assena un coup de pied dans un pneu, reprit le bitume. Son compagnon plongea dans un sommeil agité.

La route devint sinueuse après un long tracé rectiligne. Jim pianota sur les pédales d'accélérateur et de frein, négocia le virage sur les chapeaux de roues. La suite le prit totalement au dépourvu : la barre de direction tourna tout à coup à vide, rendant la moindre manœuvre inutile. Au crissement de pneus, une embardée s'ensuivit. Fracassante. La bagnole se scratcha, fit un tonneau par-dessus la rambarde et s'immobilisa au bord de la route dans une explosion sourde. Le féticheur s'extirpa du véhicule en feu et se mit à courir après des esprits malfaisants…

Le taxi s'arrêta devant un vieil immeuble du boulevard de la Division-Leclerc. Diamante paya la course, ce qui plut diablement à Bissainthe : par expérience, il savait que la beauté noire laisse le mâle casquer. Jusqu'à ce qu'il rampe, troque le slibar. Bravo « sista » ! Le couple s'engouffra dans les escaliers.

La niche de la « traiteuse » comportait une petite pièce et une kitchenette, les WC parfumant le palier. Une télé monumentale en noir et blanc, fruit – de l'aveu même de la locataire – d'une récente cueillette sur la voie publique, encombrait la piaule déjà surchargée d'un vieux frigo et d'un canapé-lit. La studette, un capharnaüm de bidules accumulés au gré des coups de cœur, nageait dans un tel désordre que le port distingué de la femelle sonnait faux.

Le brigadier s'écroula sur le canapé pendant que la vénus se déloquait. Son regard se porta de la gerce au portrait pendu au mur, essayant de déceler les ravages du temps. Minimes. Sauf que la tronche du spécimen, tumescente, agissait sur son organisme comme du bêtabloquant. Plus question de la trouducuter avec ce handicap. Un gentleman ne profite guère d'une situation avantageuse.

Son parti pris, il s'enfonça dans son siège, espérant tenir jusqu'à l'aube pour alerter la brigade. Quitte à avouer à l'hôtesse, au moment ultime, qu'elle ne s'était pas trompée sur son compte. Un fileur opère sous sa vraie couverture, quand bien même il piste incognito.

Le compagnon de nuit refusa un fond de Johnnie Walker. Le réfrigérateur ne contenait aucune boisson, et le pack de bières demandait à être rempli. Ne voyant quoi offrir au copain, la fébosse recourut au cocktail des noctambules :

« J'vais rouler un pétard, tu fumes avec moi ? J'en ai en tout cas besoin pour me retaper. »

Le Créole argua son appartenance à la majorité tyrannique des non-fumeurs pour décliner la proposition. Qu'à cela ne tienne ! La nénette déplaça un tabouret jusqu'au placard, se hissa dessus. À peine dominait-elle son logis qu'elle redescendit avec un juron intraduisible. Elle mit la pièce sens dessus dessous avant de découvrir ce qu'elle cherchait : deux bottins pour surélever le niveau du tabouret. Elle remonta sur le siège.

Le buste glissé dans l'armoire murale, elle se souleva sur la pointe des pieds, ôta un carreau du plafond. Son pagne lâcha mal à propos en exposant châssis, ananas, croupion et tout le bazar. Ave Maria ! Mais fifille s'en ficha. Le strip-tease se déroulait entre gens de bonne famille. Elle plongea le bras sous les combles, piqua une barrette de shit. Un œil furtif à Papy la mit en confiance : le non-fumeur flashait avant qu'elle n'ait tiré une taf. La meuf revint s'asseoir après avoir récupéré son pagne. Les jambes écartées dans un appel du type « Laissez venir à moi les petits enfants », elle se roula un joint, puis le grilla.

Alors qu'elle avait résisté jusque-là, elle piqua subitement une crise de pleurs. Le monde lui en voulait parce qu'elle commençait à palper les artiches. Que n'avait-elle fait pour arroser les potes, les groupies, la famille ? Bissainthe évita de troubler le face-à-face de la gonzesse avec ses arrières, et s'extirpa du canapé. L'heure avait sonné. Il reprit les commandes en déployant le canapé-lit :

« Couche-toi, cela va te calmer. Quant à moi, je vais passer un coup de grelot. Elle est où, la cabine ?

— Ne m'abandonne pas, Papy, supplia Diamante en vagissant. Je me sens entourée de faux jetons. J'ai l'impression que tout bascule autour de moi…

— Tu n'as rien à craindre, puisque je suis là. La cabine téléphonique est par où ?

— À droite en sortant de l'immeuble. Ne traîne surtout pas. Prends les clés pour rentrer. »

Peu après, le détective demandait au standard du SRPJ de lui passer la brigade. Reconnaissant sa voix, l'agent de garde lui signala qu'on avait tenté de le joindre pendant la soirée afin de lui fixer son rôle dans l'opération prévue au foyer.

Le divisionnaire avait insisté pour qu'il soit de la balade.

« Sais-tu à quelle heure cette opération a lieu ?

— À l'aube, répéta le standardiste. On ne m'a pas donné d'autres détails. »

Entre-temps, des poubelles apparaissaient autour du flic, des pas résonnaient au loin, des ombres surgissaient çà et là. Cinq heures et quart. Il raccrocha le combiné, se pressa vers l'immeuble. Une fois devant l'entrée, il se souvint d'avoir oublié l'essentiel et retourna à la cabine pour transmettre les coordonnées de sa cliente. Avec le souhait que ses collègues la choperaient avec des gants aux premières heures de la matinée.

Valse hésitation après le coup de fil : remonter chez la putaine, et pour quoi faire, ou rallier l'équipe ? Le bonheur de conclure son infiltration en beauté l'emporta. Il escalada deux à deux les marches jusqu'au cinquième.

La porte grande ouverte le statufia. Jurant ses grands dieux de l'avoir refermée, il contempla le trousseau de clés qu'il tenait en main. Son malaise de la soirée, doublé du sentiment d'être épié, lui revint. Coup d'œil aux chiottes : pas âme en vue. Diamante créchait par ailleurs seule à l'étage pour ne pas s'inquiéter d'une présence insolite. Il s'avança vers la porte forcée, s'arrêta. Démonté.

La belle était étendue sur le lit, la bouche bâillonnée et les yeux révulsés. Le pagne noué autour de la taille s'était défait en laissant la poitrine à découvert. Le tueur avait surpris la sirène dans son voyage sous drogue et l'avait étranglée. L'examen de la pièce lui apprit que le visiteur l'avait passée au peigne fin. Le brigadier lança des regards circulaires sans rien déceler. Jusqu'à ce qu'il se branche sur le placard : le carreau du plafond, soigneusement remis en place par la femme dealer, avait été déplacé. Et les combles sans doute vidés.

Qui donc, s'interrogea-t-il, aurait pu expédier la greluche dans un trip sans retour ? Le big-manager ? Il venait de passer une importante commande auprès de la fournisseuse, raison pour ne pas lui tordre le cou. Koloké ? Fort possible. Sauf que l'impresario s'était éclipsé lorsque Diamante, rentrant dans la boîte, avait claironné son scoop déstabilisant. Le producteur ne l'avait pas vue danser, ni s'attabler, ni partir avec lui pour craindre des fuites de sa part. Bien entendu, cet alibi volerait en éclats s'il s'avérait que Don Kol avait mis en place une antenne de surveillance. Par exemple, cette poule qui a beaucoup parlé avec la morte…

La mignonne, victime d'une cabale de Milie Mbo et consorts ? Probable. Mais il voyait très mal les deux paumées à l'affût, à une heure indue, alors qu'il était censé « raboter » la cocotte. Les poufiasses, amorphes, croassaient plus qu'elles ne se magnaient le popotin. Comment auraient-elles deviné qu'il s'absenterait pour un coup de biniou afin d'opérer en douce ? Coulibaly ? Le vieux phacochère s'était débarrassé de la horde à Danga, d'un coup de pet, pour se passer de l'élimination physique. À supposer qu'il ait recouru à cette solution extrême, pourquoi s'en serait-il pris seulement à Diamante et non à Milie et Cie ?

L'amertume du bignolon fut égale à son dépit de perdre le contrôle d'une situation qu'il avait maîtrisée. Deux heures durant, il avait côtoyé les vedettes de l'enquête : Koloké, Diamante and family, Jim, sa bobonne, et – chi lo sa ? – un tueur sans vergogne.

L'idée d'un tueur isolé finit par l'obséder. Se fiant à son intuition, il s'approcha du corps inanimé, toucha au pagne et, renonçant à le soulever, se concentra : c'était bien une liasse de bonapartes que la « traiteuse » avait exhibée au Paris-Kalin ! Elle en avait soustrait un biffeton pour payer les consommations, les siennes comprises. Où avait-elle rangé les fafiots, puisqu'elle ne trimbalait pas de sac ?

Le brigadier se retrempa dans l'ambiance du dancing, essayant de revivre les gestes, les regards, l'atmosphère : la jeune femme, grisée par le hors-jeu infligé à Milie, avait hélé la serveuse sur un ton canaille. Indifférente à l'attention suscitée par son interpellation, elle avait introduit la main droite dans le balconnet, tiré la liasse, dégainé le billet remis à la fille de salle, fourré le reste dans sa cache. Le cavalier servant, noyé dans la défonce fabuleuse, ambiançait pour s'intéresser à l'intendance…

« Où aurait-elle planqué ce pognon en débarquant ici ? » se demanda-t-il en scrutant le cadre.

Il tenta illico de reconstituer leur arrivée dans le studio. Sans fausse pudeur, Diamante s'était dévêtue dès l'entrée : d'abord la veste, ensuite le bène. Le chemisier ôté, balancé sur une chaise, elle s'était rendue à la cuisine. En deux-pièces. Bien roulée. À son retour, elle défaisait le soutien-gorge vite expédié dans le placard, s'était emparée du pagne et l'avait enfilé avant de retirer la minouse. Selon toute vraisemblance, elle aurait caché la galette à la kitchenette.

« Qui sait si, en exhibant ce fric au Paris-Kalin, elle n'avait pas alléché un détrousseur ? La presse rapporte bien les violences, souvent suivies d'assassinats, exercées sur de vieilles personnes. Pour des sommes dérisoires… »

L'examen de la cuisine n'aboutit à rien. Il s'apprêtait à capituler, rongé par le sentiment d'avoir bâclé la filature, lorsqu'il retourna au placard. Le regard mauvais, il rumina que quelque chose lui échappait. Las de chercher en l'air, il baissa les yeux sur le tabouret et s'infligea une claque à la cuisse. C'était ça !

Diamante avait posé deux annuaires sur le siège et n'y avait plus touché après sa descente. Or les bottins se trouvaient par terre. Nul doute qu'ils avaient gêné le voleur, un homme de grande taille, pour qu'il les retire avant de monter. Seul un intime de la défunte, comme c'était son cas, devait connaître la cache.

« Je ne vois personne d'autre en dehors de ces narines éclatées. Comment l'appelait-elle encore ? Sténo, Dactylo ? Pourquoi a-t-il fait ça ? Traînait-il encore dans le club après la fuite des Bafoussa ? Dommage que je ne me sois pas attaché à ce morpion… »

Le brigadier referma l'entrée avant de signaler le meurtre au SRPJ. Le cœur en peine, il se mit dans l'attente d'un taxi. Six heures moins dix.

L'inspecteur divisionnaire gara sa voiture dans une rue adjacente au foyer. La montre de bord indiquait quatre heures quand il s'éjecta dehors. Le pas pesant, il s'avança au point de rencontre avec son adjoint.

Jacques Mayotte était adossé contre un fourgon garé en double file devant l'impasse qui mène au foyer. Des guimbardes, des charrettes fatiguées, toutes sortes de coucous acquis de seconde main encombraient la ruelle. À l'évidence, l'architecte de l'îlot n'avait point prévu que le temps conduirait l'immigré, un pauvre diable arrivé avec ses baluchons, à se procurer le luxe. Pour le ranger à portée de vue afin d'apprécier le chemin parcouru.

Aucun rideau ne pendait aux fenêtres : les locataires, bien qu'ils soient scotchés au paysage, revendiquaient le statut de résidents de passage.

L'absence de lumière donnait à l'immeuble un air de bateau fantôme. Tandis que l'impasse, tel un sentier de la brousse profonde, évoquait un coupe-gorge. Dans le noir, les arbres bornant le cul-de-sac semblaient abriter des « coupeurs de routes », les bandits de grand chemin à la sauce makossa.

« Lannoy et Bissainthe ne sont pas encore là, résuma Jacques Mayotte. J'espère qu'ils vont rappliquer d'un moment à l'autre. Baby n'a pu prendre pied sur place : les gens lui ont paru nerveux et ses petits copains l'ont démasqué. Il surveille l'entrée à partir d'un tacot immobilisé devant l'accès principal.

— Hum ! » fit le divisionnaire, dubitatif.

La police municipale s'était proposé de l'assister. Il avait remercié, estimant son équipe capable de mener l'opération sans l'apport de bras prompts à dégainer au moindre éternuement.

« À cinq heures, reprit l'inspecteur principal, Baby donne le signal en allumant un briquet devant l'entrée. Il descend à la cuisine, se planque. Lannoy et l'Antillais s'amènent à leur tour, cernent la retraite de Coulibaly. Nous débarquons toi et moi, procédons aux sommations d'usage. Quelle que soit la suite, Lannoy et Bissainthe nous couvrent alors que nous pénétrons dans le bordel…

— Et s'ils ne viennent pas ?

— On se prive de leur couverture. »

Une ampoule s'alluma à une fenêtre du deuxième en contrariant les prévisions stratégiques.

Le divisionnaire espéra que le lève-tôt ne ferait pas d'émules. À peine ruminait-il ce contretemps qu'un taxi ronronna au carrefour. Un Ouestaf filiforme jaillit du véhicule et se dirigea vers le foyer en titubant. Passant devant Jacques Mayotte, il lui causa dans sa langue maternelle et, faute d'emballer sa fibre tribale, crachouilla des mucosités avant de se barrer.

Max Lannoy s'amena de justesse pour prendre part à l'opération. Le briquet allumé, Babylone se glissa dans l'immeuble, tandis que le stagiaire disparaissait dans la nuit. Un cri d'homme, imité d'après celui d'une bête, fendit soudainement le silence. Des ombres surgirent de partout et des centaines d'ampoules brillèrent aux fenêtres. Le divisionnaire, qui s'avançait vers l'entrée, recula devant un groupe de guerriers agressifs. Dans leurs mains, des branches d'arbres et des barres de fer dont l'utilisation ne nécessitait aucune formation payée par l'ANPE.

« Qu'est-ce qui coince, Jacques ?

— J'en sais rien », répondit l'adjoint, également encerclé par des individus hostiles.

« Barca ! cria Cardoso, courroucé. Qu'est-ce qui vous prend ? C'est la police…

— Je tire un coup de semonce ? aboya Mayotte.

— Surtout pas. Garde ton sang-froid. »

Flottement dans la foule. Le Porto remarqua le changement intervenu chez les assaillants et l'exploita :

« Qu'un homme vienne vérifier qu'on est de la police. On ne vous veut aucun mal... »

Palabre dans la pure tradition démocratique pour désigner l'émissaire. La trêve. Fragile. Car d'autres résidents jaillirent du foyer, surexcités. Ils étaient trente, quarante, peut-être un village à se disputer la sortie. Que non ! Les mécréants foulaient aux pieds les règles élémentaires de l'hospitalité en bousculant Babylone. La horde reflua vers les roussins en vociférant des cris inaudibles, mais qui les titillèrent dès qu'ils furent repris par leur entourage : fachos ! racistes ! Le divisionnaire, convaincu de l'existence d'une méprise, chercha à contenir l'hystérie gratuite.

Le cercle assiégeant les inspecteurs s'ouvrit de telle manière que ceux-ci voient l'otage et lui parlent. Le bricard, échaudé par la tournure du feuilleton, s'adressa à ses chefs à haute voix :

« Quelqu'un a fait gober à mes amis que la police procéderait ce matin à des expulsions...

— Expulser qui et pourquoi ? amortit Cardoso avec adresse. Qui a pu raconter un tel roman ? »

Et de s'instituer en pédagogue : la procédure d'expulsion part d'une plainte déposée auprès d'un tribunal. Le jugement rendu, l'huissier signifie au locataire un commandement de déguerpir. Le gars finasse ? L'officier ministériel dresse un PV, sollicite l'assistance de la police, laquelle convoque l'intéressé pour le raisonner. Toujours madré ? La police s'en remet et à la préfecture et à la mairie pour qu'on le flanque à la porte, le recours à la mairie tenant à s'assurer que l'expulsion du récalcitrant ne troublera pas l'ordre public. C'est pas tout : la police requiert également une enquête de la DASS. Des mois passent, voire des années. Une fois les différents rapports réunis, le préfet ordonne l'évacuation par la force. Que le SDF en puissance se prenne pour Rambo, les CRS s'amènent à l'exercice…

« Quelqu'un parmi vous a-t-il expérimenté ce parcours du combattant ? »

Rires, tope là, tapes dans le dos. Confiance au Blanc. La récré fut brusquement troublée par un coup de feu. Des regards affolés se dirigèrent du bonimenteur à la provenance du tir, et de la riflette au voisin le plus proche : toute parole mielleuse d'un toubab dissimule du venin. La deuxième détonation retentit à quelques secondes de la première, provoquant la débandade générale. Les guerriers, tels des moutons de Panurge, détalèrent en direction de l'abri, paradoxalement situé dans la zone à risques, tandis que les poulets sprintaient à travers la mêlée pour gagner le foyer. Bousculade mémorable devant l'entrée…

Max Lannoy avait contourné l'immeuble après le signal. La stratégie arrêtée lui semblant suicidaire, il comptait pénétrer dans les entrailles du poisson-capitaine par la porte de secours. Quitte à recourir à son canif au cas où elle serait condamnée.

Marchant au jugé, il pataugea dans une crasse immonde, voua les smicards présents et à venir aux contractions tétaniques, trépigna d'indignation. Juste au moment où un zigoto sortait de l'issue de secours.

Ses sens s'éveillèrent à l'instant : plonger dans les ordures ou braver le noctambule. Il s'accroupit à la seconde, escomptant sur la complicité de la nuit pour passer inaperçu. Le bachi-bouzouk défila à ses côtés en tempêtant.

La porte n'avait pas été refermée. Rallumant sa lampe-torche, il l'éteignit aussitôt : deux ados s'abandonnaient dans les bras de Morphée après en avoir été tirés par le grogneur des immondices. Le guet. Du genre qui, oubliant qu'un vigile ne ferme jamais l'œil, perd son job le lendemain en mettant son patron en garde contre un malheur vu au cours d'un rêve. Le stagiaire passa doucement à côté des dormeurs, puis disparut dans les tripes du foyer.

Des éclats d'une discussion le mirent peu après sur le qui-vive. Tendant l'ouïe, il reconnut la voix chantante de Babylone. Frit. Dans une grande marmite. Entre-temps, ses narines inhalaient une fumée âcre, ses yeux picotaient et ça sentait de plus en plus de la viande cramée. Les odeurs. Évitant les fourneaux, il vira d'instinct vers l'origine de la fumée. Stop devant l'unique porte.

Le lardu toucha la poignée de porte en regrettant d'avoir loupé la rafle. À son grand étonnement, l'accès s'entrouvrit sur deux Blacks assis à même le sol. Celui de gauche, d'un âge indéterminé, répondait à la description sommaire de Papa Coulibaly faite par le Moco ; l'autre ne pouvait être que son sous-verge. Maintenant qu'il voyait le jongleur sans ses « anti-soleil », il découvrait sa tronche arrogante sous toutes ses facettes, spécialement ces yeux de rapace et ces cernes qui lui prêtaient l'air de chausser des binocles. Les maquereaux méditaient face à l'entrée, de l'autre côté d'un bûcher sur lequel se consumait un mouton. Le local, enfumé, dégageait une grande chaleur.

Le stagiaire se reprocha en définitive d'être en avance. Il refermait la porte lorsque Kodjo dégaina son flingue et le visa. Plongeon magistral au pied du bûcher, distant de deux mètres, alors que la balle percutait la porte métallique. La deuxième balle, fouraillée à la seconde, se logea dans la carcasse du méchoui. Le Black voulut se relever, mais ses pattes, ankylosées par une longue station en position du lotus, refusèrent d'obéir.

Max Lannoy, qui avait prévu la réaction du prestidigitateur, exécuta un roulé-boulé suivi d'un ramping autour du feu. Il prit son élan, effectua un vol plané, non sans décocher un coup de pied retourné-sauté dans le mufle du PDG de l'asphalte. Full-contact. Le mac s'allongea, assommé par le cocktail de techniques du karaté et de la boxe.

Le stagiaire surprit le mauvais fer en position déséquilibrée et l'entraîna dans sa chute. Les deux hommes s'engagèrent dans un corps à corps dont l'enjeu était le revolver. Kodjo encaissa une châtaigne, lâcha le colt. Recouvrant du même coup l'usage de ses mains, il administra une tannée à son adversaire. Au foie. Son talon d'Achille depuis la torgnole kalinaise. Max Lannoy se déconcentra. À ses risques et périls. Le proxo le bascula, s'empara de la poinçonneuse et sauta sur ses pieds. Le regard fou, impitoyable, il pointa l'arme sur le stagiaire, pressa sur la détente. Son corps tressauta sous l'impact d'une balle venant de la porte et qui, par ricochet, dévia la sienne de sa trajectoire. Le projectile se ficha dans la cuisse de Coulibaly.

Kodjo put identifier les intrus : Jacques Mayotte, son magnum toujours braqué sur la cible, twistait dans l'arène en compagnie de Cardoso. Trois contre un. Match inégal. Il porta sa main à la blessure, tenta de soulever le bras armé, s'écroula. La face contre terre.

Max Lannoy se releva péniblement, le regard fixé sur son sauveur. « Y a pas de quoi ! », lâcha le doyen en s'approchant de l'apprenti pour s'assurer de son intégrité physique. Ce devoir accompli, il souleva un tabouret et le posa au bas du mur. Les lucarnes se trouvaient au niveau du sol et, vu la poussière qui s'y était accumulée, n'avaient jamais été ouvertes. Il entreprit d'aérer la salle pendant que le stagiaire tenait l'éloge funèbre :

« Le pigeon ficelé pour ne pas voler reste un mystère. Mystère également pourquoi je devais l'abattre, et le truqueur se casse avec son secret…

— Regarde autour de toi, le remonta Cardoso : nous venons de troubler une séance de sacrifice. Le marabout, autrement dit féticheur ou guérisseur, le devin et le sorcier appartiennent à la même caste dans les sociétés animistes. Ils communiquent avec le surnaturel, communient avec les forces occultes, d'où leurs pouvoirs. Alors que le sorcier utilise les siens à des fins de nuisance, ses confrères agissent dans l'intérêt général : ils détournent des écueils, soignent, donnent et protègent la vie. Le pigeon couvrait la fuite de Kodjo en te distrayant. En le fracassant avec ta balle, c'est Kodjo que tu as indirectement atteint. D'où cette cérémonie pour lui épargner une fin inéluctable…

— Et ces filles qui ont disparu… ?

— Elles étaient sorties de la voiture, terrorisées d'apprendre qui les poursuivait et effrayées de te voir armé. Tu n'as pu les voir avec ta vue brouillée… »

Le stagiaire fixa son chef en songeant à l'adage : « Dis-moi qui tu fréquentes… »

Bissainthe débarqua après l'évacuation de Papa Couly au centre hospitalier. Il poussait devant lui un homme rétif à pénétrer dans le local :

« Ce gaillard a failli m'écraser au rond-point. Il roulait dans l'impasse comme sur un circuit de Formule 1, ce qui m'a fait croire qu'il décampait après une connerie. Heureusement que le tacman bloquait la sortie pour faire ses comptes, sans quoi je ne l'aurais pas arquepincé. Je le relâche ? »

Max Lannoy n'eut pas à s'approcher du drôle pour le reconnaître : le bachi-bouzouk croisé derrière le bâtiment. Il en toucha un mot au divisionnaire.

« C'est donc lui qui a donné l'alerte, présuma celui-ci. Ce qui veut dire qu'il est le marabout, c'est-à-dire l'homme qui a organisé cette cérémonie et imaginé la fausse expulsion afin de saboter l'opération…

— Déconne pas ! beugla l'Antillais. Comment aurait-il su que vous… qu'on allait débarquer ici ?

— Qu'est-ce qu'un voyant, selon toi ? répliqua Cardoso. Quelqu'un qui lit, voit et prédit l'avenir, n'est-ce pas ? Il ne déraille que lorsqu'il usurpe un rôle qui n'est pas le sien, faute que commettent la plupart de ces professeurs entre guillemets. Si celui-ci a prévu une opération qui allait venir un jour ou l'autre, il s'est par contre planté en s'improvisant sacrificateur. Dans le but de rendre Coulibaly et son compère invisibles à nos yeux…

— Mais, patron, tu m'épates, ironisa le brigadier en sollicitant ses collègues du regard : depuis quand fais-tu un stage de maraboutisme en cours d'emploi ?

— Transfère les pièces à conviction dans la camionnette au lieu de te payer ma tête ! »

Vendredi 20

Bissainthe rapporta les faits saillants de sa bamboula, ce qui motiva la tenue sur place d'un conseil de guerre. Bon vivant, il préconisa une contribution spéciale généralisée en vue d'offrir une bouteille de champ' à l'équipe : l'enquête cheminait à merveille pour marquer les coups. Le Porto, loin de sombrer dans le triomphalisme de son état-major, se tourna vers le stagiaire. Celui-ci pondit d'un trait le rapport de son incursion à l'ambassade. Stupéfiant. L'équipe s'attendit dès lors à une distribution des bons et mauvais points, mais le divisionnaire gela l'ambiance par le ton chagrin de son adresse à Jacques Mayotte :

« À quelle heure passe Jim pour son pointage ?

— Entre neuf et dix.

— Donne des consignes pour qu'on le garde à vue. Ce type est non seulement en danger de mort, mais il a aussi pas mal de choses à confesser. Perquisitionne à son domicile. En douce, vu qu'on n'a pas l'autorisation. Profite de ta descente pour embarquer sa femme. »

Puis, se tournant vers les autres :

« On va chez Diamante dès qu'on termine ici. Au boulot ! »

La fouille du local s'annonça fructueuse : le coffre contenait le produit de l'abattage et d'autres carambouilles. Comble d'ironie, l'organisation de Papa Coulibaly se présentait comme une société ayant pignon sur rue. Le bizet avait informatisé ses services par Tofla, d'où le rôle influent de celui-ci à ses côtés. Autre surprise : la firme s'appelait Cadence Toulmonde ! Qui aurait deviné que le mot cadence utilisé dans des messages provocateurs constituait une signature ?

Max Lannoy put entrer dans l'ordinateur et le faire parler : le fichier de la putasserie était complet, désarmant, en violation de la loi sur l'Informatique et Libertés. Il signalait, entre autres choses, les menstruations des filles, leur capacité d'endurance, les fréquences des visites médicales. Hydre aux tentacules multiples, Cadence Toulmonde alimentait les soirées privées en cocottes, l'appartenance raciale et le calibre de celles-ci étant laissés à la discrétion du client. La firme égayait en outre la solitude des mal-aimés par des compagnes occasionnelles. Une œuvre de bienfaisance publique.

La pièce livra des dizaines de tableaux de maîtres polychiés. Alors que les bricards s'ébahissaient au fur et à mesure qu'ils identifiaient une toile et lui donnaient un nom ou une signature, le stagiaire éventait la filière de fabrication et d'écoulement.

Dans l'ivresse du succès, Cadence Toulmonde tenait à jour les entrées et sorties des marchandises. Les voitures volées étaient repeintes dans un garage connu, pourvues de fausses plaques d'immatriculation, expédiées en Afrique. Difficile de prouver leur origine, d'autant que les numéros des moteurs étaient trafiqués.

« Qu'est-ce que je vois là ? » cria Bissainthe, excité, en montrant deux cartons empilés.

Les fouilleurs, stoppant leur besogne, se tournèrent vers le brigadier. Celui-ci pointait toujours du doigt des colis déposés derrière la porte. À croire qu'il venait de déterrer un fossile paléolithique.

« Tu pourrais dire ce qu'il y a, grogna Max Lannoy. Sinon, on sera encore là demain à midi.

— Ben, c'est adressé à monsieur Ikhata ! »

L'équipe accourut sans retard. Les cartons, de la dimension d'une petite valise, mentionnaient les coordonnées de l'Azanien sur des étiquettes de fret aérien. Ils ne pesaient pas lourd et celui de dessus était défait. Le Créole bénéficia du privilège dévolu aux découvreurs d'essuyer les plâtres.

Des feuilles de papaye recouvraient le contenu. Il les retira une à une, s'appliqua à dégager un objet enveloppé dans le même type d'emballage. Serait-ce une toile ou une sculpture ? Suspense. L'assistance se rapprocha pendant que Bissainthe, subitement nerveux, dévoilait la carcasse ratatinée d'un singe. Beurk ! Patatras ! Max Lannoy, moins frileux que les mangeurs de grenouilles, compta les provisions : cinq dans le premier carton, six dans l'autre.

« Patron, c'est ça que t'as vu chez James ? demanda le bricard toujours estomaqué.

— Il m'a même dit que c'était un sanglier, pardon, du gibier ! Malgré la convention de Washington sur le commerce international des espèces menacées (CITES), ces tueurs massacrent singes, tortues, crocos, et viennent les revendre ici. Tu connais leur clientèle, Baby ? Les bonnes enseignes exotiques. Bon appétit !

— Cette découverte nous permet de situer la date de retour de l'Azanien, renchérit Max Lannoy : le code du vol figure sur les étiquettes. On peut donc savoir à quel moment il a remis le paquet de café à Danga…

— Où est l'intérêt ? demanda Bissainthe.

— Le matin de sa mort – Khadija est formelle là-dessus –, Danga est rentré chez lui avec un paquet de café ougandais. Qui le lui a offert ? Que James soit ce bon Samaritain, cela prouverait qu'il a regagné sa crèche avant le meurtre du pokiste et rencontré l'assassin présumé de celui-ci, à savoir son sous-locataire. Cela étant, trois questions se posent : James serait-il de mèche avec le tueur, pourquoi et où se terrait-il pendant l'enquête de proximité ? Cette découverte soulève aussi d'autres interrogations. Primo : à qui James destinait-il les singes boucanés ? Deuzio : ces gibiers ont-ils un lien avec le « vil braconnier » de Fatou ?

— Brigadier, lança le divisionnaire à l'Antillais, vérifie cette histoire de vol. Quant au rapport supposé entre le Premier secrétaire et ces singes, ta visite à l'ambassade autorise toutes les conjectures. Notre homme dirige un vaste trafic par la manipulation. La preuve réside dans ces billets de la même série dénichés chez des gens qui s'ignorent. Nul doute que ces victuailles illustrent une facette de ses activités… »

Jacques Mayotte, trouvant la grille d'entrée ouverte, pénétra sans encombre dans la propriété. L'aisance du couple Bafoussa frappait à première vue. La résidence était construite sur le modèle des villas coloniales, avec barza et jardin d'agrément, et contrastait avec les pavillons clés en main du quartier. Il s'engagea dans l'allée qui mène à la maison, monta les marches. Perspective imprenable du balcon. Il appuya sur le bouton de la sonnerie.

Un quart d'heure auparavant, il s'était présenté à l'Agence Black Bafoussa. Son PDG ne s'était pas acquitté de l'astreinte de pointer sans fournir d'explication. Un employé en poste depuis la veille lui avait dit que ses patrons s'absenteraient ce jour pour cause de concert.

Aucun signe de vie ne lui parvenant au bout de deux minutes, l'inspecteur planta son doigt sur le bouton. Silence énervant d'une maison qu'il devinait habitée. Soudain, quelqu'un heurta une table, provoquant une série de catastrophes : un verre glissa et se cassa par terre, le couvert s'entrechoqua dans une tentative désespérée d'empêcher le verre de tomber et, comble de misère, une chaise crissa sur le parquet. Les rideaux furent tirés en même temps qu'une voix irritée s'informait de l'identité du gêneur :

« Ouvrez, c'est l'inspecteur Mayotte ! »

Silence de mort. Sonia apparut enfin dans l'ouverture de la porte après avoir fait un brin de toilette. La blondinette, toute menue dans une robe de chambre transparente, ne s'encombra pas de diplomatie avec le flic :

« Je suppose, monsieur, que vous êtes de service, aboya-t-elle sans aménité. Vous auriez dû téléphoner pour qu'on prenne rendez-vous. Je n'ai pas dormi de la nuit, et les deux prochaines vont encore m'accaparer...

— À chacun son métier, les vaches en sont mieux gardées ! » rétorqua froidement l'inspecteur.

Bruit d'une chute. Jacques Mayotte ne put saisir la scène, celle-ci se jouant hors de son angle de vision. Il n'en fit pas un drame, signifia à la dame la raison de sa présence. À peine avait-il terminé qu'une silhouette se faufila dans son œil gauche. Tournant la tête, il aperçut un quidam, un sac en plastique à la main, traverser le jardin en courant. Sonia, toujours clouée à travers la porte, ne pouvait suivre la séquence qui tenait d'une échappée. Le fugitif sauta la clôture de ronces délimitant la propriété, atterrit chez le voisin. Non sans mal. Le sachet, tailladé par les aiguillons de l'arbrisseau, déversa son contenu des deux côtés de la haie. Le fuyard cueillit à la volée les bidules offerts à sa vue, puis s'engouffra dans une voiture.

« C'est qui, ce mauvais sujet ? demanda l'inspecteur à la femme qui cherchait une explication à l'objet de sa dissipation.

— Vous avez des hallucinations, monsieur l'inspecteur. De qui parlez-vous ?

— Moi, des hallucinations ? s'énerva Jacques Mayotte. Je vais vous prouver que j'en ai, des hallucinations ! »

D'un pas alerte, il se dirigea vers la haie, ramassa un des bidules tombés, puis regagna la villa. Pour constater la disparition de Sonia. Mais la meuf rappliqua avant qu'il n'ait trouvé un juron approprié à la situation :

« Le Renoi qui a perdu cette merde, attaqua-t-il en montrant la barrette de shit, sortait d'ici…

— Vous racontez n'importe quoi ! Je suis seule à la maison, et Jim est absent jusqu'à ce soir.

— Je maintiens que ce charlot sort d'ici et m'en vais vous fournir la deuxième preuve… »

Sonia fut décontenancée. La police nationale l'écarta de l'entrée d'un geste brutal, traversa le salon sans un regard à la décoration et fonça vers les fenêtres : aucune n'était ouverte. Le bide ne désarma pas pour autant l'inspecteur. Il se dirigea vers la chambre à coucher, aspira profondément, puis statua :

« Voilà la deuxième preuve ! »

L'épouse Bafoussa fut démontée. Ne sachant sur quoi se fondait le jugement du perdreau, elle loucha sur son nid sans comprendre :

« Qu'est-ce que vous voulez dire ?

— Le fuyard a fumé du shit dans ce souk. Vous avez peut-être fumé aussi, raison pour laquelle vous ne sentez rien. Vous cherchiez des preuves, hein ? Je vais vous en montrer une autre. Inattendue. Tenez, là… »

Un préservatif usagé traînant sur la moquette. Madame faisait des paillons. À moins qu'elle n'utilise la capote anglaise pour se branler.

« Où est passé votre mari ?

— … Parti euh ! en retraite pour le concert.

— Parlez dans un langage compréhensible. Je ne suis pas très branché show-biz…

— Il s'est rendu à la campagne pour une cérémonie d'exorcisme nécessitée par la mort de Masumbuko…

— Pendant ce temps, Dactylo, son nouvel associé, assure l'intérim, n'est-ce pas ? »

L'enquêteur débuta la perquisition par la chambre à coucher. Un coup de bol : le tiroir de l'immense lit cracha des liasses de la participation de Dactylo au capital de l'agence. Le reste de la maison ne donna rien. Il quitta la villa en compagnie de Sonia aux environs de dix heures.

9 heures 25, studio du boulevard de la Division-Leclerc. Les hommes de l'identification criminelle

opéraient déjà lorsque Cardoso débarqua avec son équipe. Bissainthe leur montra la cachette de drogue. L'agent désigné pour l'examiner se hissa sur le tabouret, ainsi que la défunte l'avait fait quelques heures plus tôt, glissa son bras aussi loin qu'il le put. La chambrée retint son souffle pendant que le piocheur explorait les combles. Il recueillit des fragments d'une barrette, répéta vainement son geste. L'Antillais se prêta par la suite aux questions de ses collègues en tant que témoin numéro un.

Babylone, qui était resté au bas de l'immeuble, monta pour informer le divisionnaire qu'on l'attendait d'urgence à la Direction générale. Cardoso grognonna en rappelant sa priorité : entendre d'abord Coulibaly afin de réunir suffisamment de cartes pour en rabattre aux cols blancs. Ils réclamaient des têtes, se permettaient de rythmer le cours des investigations, sans s'imaginer qu'une enquête est une entreprise de longue haleine et non de relations publiques.

L'intervention chirurgicale subie par Papa Coulibaly le rendait vaseux : il demanda des nouvelles de son fils aux inspecteurs venus l'interroger. Regards croisés sur l'indigne père de famille. Il ressortit des explications fournies que le proxénète considérait Kodjo comme son fils. Confidence pour confidence, Cardoso lui apprit la perte irréparable, aggravée par l'arrestation du mage et la découverte de ses magouilles. Le maquet encaissa. La fatalité.

« Nous voulons des précisions sur votre organisation, embraya Cardoso. Commençons par le début : comment avez-vous connu Danga… »

Un ancien camarade du bâtiment l'aiguille il y a quelques mois sur Danga. Celui-ci bricole déjà avec ses poules, et lui-même déroule sa toile d'araignée sur les foyers africains du département. Le fameux camarade, un Kalinais pas comme les autres, avance des divergences politiques majeures avec Danga pour ne pas le lui présenter. Néanmoins, il fait montre d'élégance en l'assurant que son compatriote représente la pièce fétiche pour l'essor de son bizness. Et lui refile son adresse.

Coulibaly prend contact avec le phénomène et tombe sous son charme. Quelques minutes d'entretien suffisent pour que Danga déballe des projets réalisables sans bourse délier : l'extension de la putainerie aux foyers blacks-blancs-beurs de la région, la prestation des toubabesses, les services à domicile, l'import-export…

« C'est quoi cette diablerie ? l'interrompit le divisionnaire.

— Un service de luxe destiné aux palaces africains. Nous leur fournissons des hôtesses pour des surboums. Les pépées sont noires, métisses ou blanches. Frais de voyage et de séjour à charge du client. Vous savez, la circulation des personnes n'est toujours pas développée dans nos bleds. Moralité : les Ouestafs raffolent des viandes du

Centre ou de l'Est africain, quoiqu'elles n'utilisent pas le thiouraï pour se parfumer, et vice versa. »

Le génie créateur expose également des projets nécessitant un financement préalable. Il rêve d'une messagerie 36 15 Couly-Dan, un service devant proposer des vaches hyper-gnangnan aux beaufs congelés par le comportement revendicatif et par trop libéré de la Françoise. Dans la débauche de ses plans, le service du contentieux lui tient à cœur…

« Expliquez-vous…

— On a créé un bazar chargé de prêter des bras aux opérations de surveillance et de recouvrement de dettes. Danga savait qui contacter pour obtenir les hommes voulus. Ils venaient en général de l'Est. Leur rôle se limitait à… négocier les paiements de créances.

— Vous voulez dire qu'ils exigeaient ces paiements par la force, sous-entendu en cadence, n'est-ce pas ?

— Je n'ai pas dit ça, monsieur.

— Qui étaient ces gens, des mafieux ?

— Plutôt des professionnels qui ne causaient pas français et ne pouvaient retourner leur veste…

— Pour quelle raison ce service passionnait-il Danga ?

— Je crois qu'il mijotait son utilisation ultérieure à des fins personnelles… »

Papa Couly réalise la bonne aubaine que constitue sa rencontre et procède à la fusion des deux enseignes. La plupart des projets se concrétisent rapidement. Et l'argent tombe. Danga, compte tenu de ses engagements antérieurs, se fixe des horaires matinaux. Il déploie une activité intense malgré le peu de temps qu'il consacre à la boîte. En l'espace de quelques jours, il noue et collabore avec les moulins correspondants, récolte et échange des infos, tuyaute, se rend indispensable. Un canard cependant : les poules qu'il a amenées, bien qu'elles représentent un atout majeur dans la diversification du catalogue, rechignent à se soumettre au règlement. De caractère difficile, elles n'écoutent que lui, emballent la roulotte…

« Cela triplait votre chiffre d'affaires, non ?

— Je ne suis pas un tyran, monsieur : ces filles sont comme nous des êtres de chair et de sang, et non des poupées gonflables. »

Selon l'organisation, les cocottes ne voient pas l'oseille du client. Sinon elles monteraient des succursales concurrentes et l'on fermerait la baraque. Danga touche également à la caisse centrale.

Au fil des semaines, Papa Couly constate que les besoins pécuniaires de son associé s'accroissent, deviennent pressants. À chaque fois, c'est deux ou trois briques qu'il réclame. Jusqu'à prélever deux mois de ses honoraires avant terme. Coulibaly avait pu lui rendre visite : Danga vivait chichement. Même après la fusion. Ce qui l'avait intrigué. Il dépensait à l'occasion dans la bibine, mais une misère par rapport à ses cachets.

Alarmé, Papa Couly demande des explications. Danga finasse, temporise, finit par dévoiler la destination de son magot. Top secret :

« Savez-vous à quoi ? demanda le maquet aux poulets.

— Dites-le-nous, lui suggéra Max Lannoy

— À l'achat de fusils ! Danga achetait des fusils pour les maquisards de son parti. Il voulait faire la révolution chez lui. Le plus marrant est que ses camarades ignoraient qu'il finançait sa propre révolution. Dingue ! »

Les deux inspecteurs tombèrent des nues : l'acharnement des tueurs trouvait son fondement. La raison d'État. Un domaine de l'arbitraire sous toutes les latitudes, et davantage sous les tropiques.

« Si je vous comprends, avança Cardoso, les gros bras auraient pu un jour lui servir de mercenaires !

— Je l'ai soupçonné après coup.

— Quelles sont alors les raisons de votre rupture ? »

D'une part, il y a le comportement de ses filles : légères et indisciplinées, elles influencent de plus en plus leurs consœurs, enrayent la bonne marche de la machine. D'autre part, le discours politique de Danga devient tuant.

« Le comble, c'est qu'il m'a assiégé des matinées entières pour tenter d'obtenir l'incorporation des filles malades dans les équipes. Ses prétextes étaient politiques. J'ai eu beau lui rappeler mes déboires, avancer mes scrupules quant à la bonne santé du personnel, alléguer mes convictions religieuses, lui dire qu'il existe dans toute chose une ligne rouge à ne pas franchir, il n'en demeura pas moins inflexible. Excédé, je l'ai foutu à la porte. Avec son bordel.

— Pourquoi avez-vous cherché à le truander ?

— Pour qu'il ne me prenne pas de court. Les gros bras, c'était son plan Orsec. Malheureusement, ma réaction a été tardive.

— Comment ça ? »

Tofla, à l'époque son bras droit, découvre la passion de Danga pour l'ex-femme de Shamar et peaufine le coup de la photo. Le cornard donne son accord, facilite la prise de vues, mais échoue à piéger le Kalinais. Pour des raisons qu'il ignore, le défunt expédie des gorilles exploser le Beur. Les musclés étaient venus quelques jours plus tôt pour un autre contrat. Sans doute par provocation, Danga les envoie toucher le cachet de la descente punitive à Cadence Toulmonde. Tofla panique, croit que les nazillons vont le purifier ethniquement, se terre. La nouvelle de l'assassinat de Danga l'affole : il craint désormais l'intervention des flics, soupçonne le Noraf de l'avoir baisé et, dans son obstination à mouiller Danga, le fait liquider.

« Par Kodjo, n'est-ce pas ?

— Oui mais le pauvre avait été abusé par Tofla. Nos frères diplômés sont comme ça. On ne peut pas bosser avec eux. Pour peu que vous leur demandiez un avis, ils vous prennent pour un abruti, vous roulent. Votre bonne foi passe pour de l'imbécillité.

— Il niche où, le sang-mêlé ?

— Comment le savoir ? Il vit à cheval entre ses conquêtes et sa bagnole. Sans domicile connu.

— Depuis quand travaillait-il avec vous ?

— Tofla m'avait été prêté par une autre boîte afin de moderniser mes activités. Je me demande à la fin s'il n'avait pas pour mission de me couler. Toutes les idées tordues venaient de lui : la photo de la nana, la couronne mortuaire, l'explosion devant vos bureaux, et j'en passe. Une indication sur sa personnalité : il soutenait l'idée folle de Danga en sa présence, mais la critiquait dans son dos. Quand le pauvre Kodjo m'a mis en garde contre sa versatilité, il était trop tard.

— On a trouvé dans votre coffre une importante somme d'argent, reprit le divisionnaire. Comment pouvez-vous disposer d'autant de billets neufs de cinq cents francs ? »

Le vieux phacochère tapa deux fois de suite sur sa poitrine, comme pour se libérer d'un poids, puis confessa :

« Mon travail rapporte beaucoup de coupures froissées. Sur insistance de Danga, je suis parti à la banque en vue de les échanger. Ils m'ont exigé l'ouverture d'un compte, ce qui était exclu. Après quoi ils ont cherché à connaître l'origine de cet argent. Dites-moi, ils fliquent à votre place ? Plus tard, le camarade qui m'avait présenté Danga m'a dépanné : il pouvait me procurer des coupures neuves. À condition de lui verser une commission. L'argent émanait de fonds que son ambassade reçoit pour la propagande. Autant je quêtais ces billets, le gestionnaire de ces fonds, lui, voulait s'en débarrasser. Le marché a été vite conclu. »

Les inspecteurs se regardèrent, ahuris. Max Lannoy voulut intervenir, mais le Porto lui fit signe de se taire. Le bizet lui paraissait drôlement ingénu. Vérification.

« Saviez-vous que ces liasses proviennent de la vente de drogue ?

— Ça alors ! s'insurgea le maquereau en lançant des œillades incendiaires. J'échange des billets produits par mon travail, et vous voulez me faire gober qu'ils proviennent de la came !

— Cet argent émane pourtant de la drogue, lui répéta Cardoso. Des preuves ? Votre camarade en question est de grande taille, toujours bien sapé, genre dur à cuire. Ancien boxeur, il a le nez écrasé depuis le combat qui l'a sorti du ring. On l'appelle Dactylo, oui ou non ?

— Pourquoi m'a-t-il entubé, le faux frère ? Si j'ai fait l'affaire à sa mère, il aurait pu me disputer, et je me serais amendé…

— Comment vous remettait-il l'argent ?

— Il téléphone en début de semaine pour me fixer rendez-vous dans un endroit toujours différent. L'opération s'effectue sans témoins. Lundi dernier, l'échange s'est déroulé chez une de ses copines, non loin d'ici. La jeune femme était absente, mais je l'ai reconnue sur la photo : Diamante, une des protégées de Danga.

— Eh bien, monsieur, nous sortons de chez cette femme. Elle a été tuée cette nuit, et tout porte à croire que Dactylo est l'assassin.

— … Je trouvais bien bizarres ces adversaires politiques qui se baignent dans la même piscine…

— Connaissez-vous James Ikhata ? » demanda Cardoso de manière impromptue.

L'Azanien ? Idem au cresson que cette pauvre fille : il fréquente les deux ennemis à la fois. Sauf que James est une créature de Danga. Celui-ci l'a emmené dans ses bagages à la place du Noraf qui ne répondait pas au profil ethnique voulu. L'Azanien s'est vu confier le service import-export avec l'Afrique. Selon Danga, son initiateur, le titulaire de ce poste devait se fondre partout où il débarquait, improviser, prendre des risques, donner de sa personne…

« Avec ce qui vient de se produire, déplora le maquet, j'aurais dû me méfier… »

Un soir où il procède aux échanges avec Dactylo, quelqu'un surgit dans la pièce : James Ikhata ! Les deux opérateurs masquent le traficotage : l'ex-boxeur le voulait discret à telle enseigne qu'il envoyait le maître de céans le chercher dehors. L'intrus s'excuse, prie Dactylo d'aller déplacer sa bagnole qui gêne la sortie d'un immeuble. Pas de doute possible : les deux gars étaient venus ensemble. Alors qu'il s'étonne que le nez écrasé ne lui ait jamais parlé de son commis voyageur, et encore moins celui-ci du changeur, Papa Couly voit ses petits copains s'absenter.

À son retour, Dactylo lui révèle tout de go ses liens amicaux avec James. Ils coopèrent dans pas mal de choses, notamment dans les raids alimentaires que l'Azanien concocte en marge de ses voyages professionnels. Sa participation se limite au financement. Leurs rapports sont extra au point que James lui a prêté son toit à la suite d'un problème de logement passager. Se croyant interpellé, Papa Couly lui propose un gîte sur l'heure. Le Kalinais décline.

Il y a une quinzaine de jours, Dactylo l'assaille de coups de fil afin de connaître la date de retour de James : un déplacement impérieux s'est glissé dans son calendrier, mais il ne peut l'entreprendre avant de réceptionner la marchandise que James doit lui rapporter.

« Son embarras était tel que je lui ai demandé de quoi il s'agissait. Impossible de lui soutirer la moindre indication. Lassé par son insistance, je lui ai refilé le numéro de téléphone d'un commerçant du sud de l'Ouganda, lequel sert de boîte aux lettres à James. Surprise au retour de celui-ci : non seulement il me supplie de ne pas révéler sa présence au boxeur, mais je découvre en plus que la marchandise en question c'est du… gibier. Tant de mystères pour du gibier, et quel gibier !

— Vous voulez dire des singes boucanés stockés dans votre bureau ? »

Papa Couly se marra en intriguant les pandores sur sa bonne humeur subite :

« Chez moi, on ne tue pas un “cousin”. Pareil chez James. Vous savez : quand on se cale les joues avec ça, on en arrive à considérer son voisin de palier comme une antilope. Cette “débrouille” concerne Dactylo : il fournit ses compatriotes au marché africain du métro Château-Rouge, à Paris.

— James garde pourtant un singe boucané chez lui, releva le stagiaire.

— Ce singe est – comment dire ! – un échantillon destiné à arracher les commandes et non à son amuse-gueule. Il m'a d'ailleurs demandé un contact à Château-Rouge… »

Le puzzle se recollait, se dit l'inspecteur : l'homme-orchestre du Premier secrétaire opère sur plusieurs fronts. Il aide son boss à blanchir les fafiots neufs, perçoit au vol un pourcentage substantiel, importe et vend des singes boucanés. Avec la bénédiction du diplomate, ce qui explique le mépris de Fatou à son égard. Rusé, il campe chez l'Azanien dans le but de préparer l'exécution de Danga. À l'approche de la date fatidique, le silence prolongé de James l'inquiète : il lui faut disparaître, mais après avoir écoulé le gibier et tendu un appât, en l'occurrence son soi-disant ami, à la police. Dans son impatience, il se renseigne auprès de Papa Couly. Celui-ci le branche sur le marchand du sud ougandais. Dactylo appelle, insiste et, compte tenu de la durée des communications, parvient à joindre le voyageur : le négociant doit probablement aller le chercher pendant qu'il attend au bout du fil. La facture ? Il s'en moque. Ce n'est pas lui qui casque. James rapplique en pleines turbulences. Au courant de ce qui se trame, il se doute que Dactylo va s'évaporer et qu'il peut s'approprier les singes, d'où leur stockage à Cadence Toulmonde…

« Dites donc, demanda brusquement Cardoso, où est passé James Ikhata ? »

Coulibaly éclata d'un fou rire supposant l'existence d'une entourloupette. Son plaisir bien digéré, il accoucha :

« Il se cache au foyer pour ne pas croiser son ami. À cause de cette histoire de singes…

— Détrompez-vous. Cette affaire a occasionné sa perte : James Ikhata est mort. »

Papa Couly se souleva sur ses coudes et fixa son vis-à-vis d'un regard incrédule : loin de bluffer, le lardu passait l'annonce funèbre. Son visage se décomposa lentement et, retombant sur sa couche, il murmura :

« La mort me cherche. Elle a déjà traversé le cercle qui m'entoure. Il est temps que je rentre au village…

— Que faites-vous de votre argent ?

— Vous avez vu où je loge : rien ne m'y appartient. Mais au village, j'ai essayé d'améliorer les conditions de vie des miens. L'eau se puise maintenant dans un puits et non à la rivière, distante de quelques kilomètres. J'ai fait construire une école, un dispensaire, et m'apprêtais à ouvrir un vrai bazar... »

Le divisionnaire lui signifia que son magot serait confisqué. Pour servir à la lutte contre la drogue, à la réinsertion des prostituées défichées, à la misère qui permet aux gens véreux de se frotter les mains. Papa Couly ne broncha pas. Dura lex. Max Lannoy, qui n'en pouvait plus de se retenir, explosa une fois dehors :

« Vous couvrez des cachotteries dans le service. Comment avez-vous su que ce massacreur est un ancien boxeur ? Vous auriez pu me prévenir pour que je sache à quoi m'en tenir en allant à l'ambassade...

— Pose la question à Jacques. C'est lui qui possède la bonne réponse. Ça va le ragaillardir de t'apprendre les rudiments du métier. »

Le Quai d'Orsay réagit par l'intermédiaire de son correspondant au ministère de l'Intérieur. Celui-ci transmit l'information au service demandeur qui la répercuta à la Direction générale de la police. L'inspecteur divisionnaire Cardoso, assis dans le bureau du directeur général, encaissa mal la fin de non-recevoir.

Il est hors de question, stipule le message, de procéder à l'interpellation du Premier secrétaire. Le ministre conseiller de l'ambassade du Kalina est venu, le matin même, transmettre une note de protestation du maréchal Pupu Muntu adressée au président français. La protestation se fonde sur une importante saisie d'armes de guerre et de brochures subversives éditées en France. Les armes étaient destinées aux maquisards pokistes de l'est kalinais et les plaquettes, intitulées *Scénarios d'élimination du maréchal en dix leçons*, devaient inspirer les extrémistes de l'opposition intérieure. Preuves à l'appui, le dictateur démontre que les cargaisons ont été expédiées à partir d'un port situé sur le territoire français.

Le service de renseignements kalinais a établi l'origine des armes et des plaquettes : elles émanent de l'aile radicale du POK, plus précisément d'un certain Danga, commentateur politique partisan et natif de la région où les armes ont été saisies.

Dans les circonstances actuelles, conclut le Quai d'Orsay, on ne peut que suggérer le rappel du diplomate indélicat. À condition que ses turpitudes soient patentes.

« Vous comprenez qu'au moment où Marianne ménage la chèvre et le chou dans cette partie du continent, votre initiative risque de contrecarrer son action de sauvegarde de la stabilité politique.

— Patron, négocia Cardoso, ne soupçonnez-vous pas une manipulation dans cette réaction ? Danga a été exécuté il y a une semaine, et ces mauvais joueurs attendent le jour où nous découvrons drogue et faux papiers à leur ambassade pour l'enfoncer. Ces gens sont impliqués dans toutes les péripéties de ce drame. Nous n'avons pas le droit de leur laisser le devant de la scène.

— La décision prise est politique. Sur le plan pratique, je me fie à votre savoir-faire pour que cette came ne sorte pas de l'ambassade. Prenez les dispositions qui s'imposent, et pas d'impairs ! »

Quelque temps après, Cardoso informait ses hommes de la réaction du Quai d'Orsay. Le stagiaire, d'abord étourdi, reprit des couleurs en apprenant le feu vert de la direction générale. Rien n'était perdu. Et de saisir l'occasion pour soigner son ulcère :

« La coordination n'a pas assuré la bonne circulation de l'information au sein de l'équipe…

— Je vois où tu veux en venir, coupa Jacques Mayotte. Tu étais parti mitonner ta virée à l'ambassade quand je suis rentré avec le tuyau. De fait, j'ai été aux RG. Élémentaire. Ils tiennent un fichier comportant des infos confidentielles sur les membres remuants du personnel diplomatique et apparenté. J'ai ainsi appris ce détail qui te chiffonne, mais aussi d'autres…

— Raconte !

— Le Premier secrétaire, par exemple. Après avoir répudié sa première femme, il a épousé la belle-sœur de Pupu Muntu, entrant ainsi de plain-pied dans son clan. Roué, il a rectifié son arbre généalogique : de Télésphore Kwala-Mambu, il s'appelle Kwala Pupu-Mambu.

— Un Pupu dans l'atmosphère, ça va, mais deux, bonjour les cactus ! railla Bissainthe. Ils changent de nom comme ça ?

— Va le leur demander ! Le poussah s'est fait remarquer pour ses accointances avec une certaine pègre venue du Kalina. Ces énergumènes s'illustrent dans des provocations de caractère politique, ce qui laisse supposer qu'il s'agit des hiboux. Les agressés rechignent à porter plainte. D'autant plus que Kwala menace de recourir à ses prétendues relations pour obtenir leur expulsion. On a maille à partir avec un homme dangereux doublé d'un puputiste incon. Son gouvernement n'oserait le rappeler sans intervention expresse du maréchal. »

Une action fut décidée séance tenante. Exécution dans les vingt-quatre heures : Max Lannoy, de nouveau volontaire, se réintroduirait dans l'ambassade. Court-circuit provoqué aux environs de minuit. À la cave. Le pipelet, préalablement mis dans le coup, alerterait les pompiers dès que le feu se déclarerait :

« Je souhaiterais qu'ils s'amènent en retard pour que l'îlot sniffe sa dose de came caféinée ! préconisa Babylone.

— Irresponsable, objecta le stagiaire. Les pompiers devraient accourir. Avec des journalistes et des photographes de presse déguisés en soldats du feu. Quitte à les diriger sur les sacs de came en train de flamber. La nouvelle crépiterait sur les téléscripteurs du monde entier, et je connais quelqu'un qui va en perdre sa suffisance…

— Ton idée me plaît, appuya Cardoso. Elle permet une coopération avec les médias. Il est temps qu'on leur distille certaines informations après les avoir tenus à l'écart de l'enquête.

— Le rôle des Kalinais dans cette affaire me suffoque, râla l'Antillais : ils ont compromis, arrosé tout le monde. Je parie que même Danga palpait les fameux tickets sans flairer leur provenance…

— Il est évident que les gens de la Sernak ont mûri leur coup depuis plusieurs mois, renchérit Cardoso. Méthodiquement, ils ont cerné leurs opposants afin de mieux les abattre. »

Jacques Mayotte passa au point. D'abord les résultats d'un premier examen du laboratoire scientifique : la barrette de shit ramassée chez les Bafoussa provient du même lot que les fragments recueillis chez Diamante. Avec ce résultat, on peut soutenir que Dactylo s'est servi chez la fillasse après l'avoir butée. L'homme lige du Premier secrétaire a opéré pendant la courte absence de Bissainthe, preuve qu'il le filait depuis Paris-Kalin.

L'interrogatoire de Sonia corrobore ces hypothèses : elle attendait son béguin de la soirée à quatre heures du matin, peu après le départ de son mari. Mais le numéro s'est pointé deux plombes plus tard, à l'heure africaine, muni de son sac. À moins qu'il n'oppose un alibi solide, tout indique qu'il revenait du studio du boulevard de la Division-Leclerc. Pendant ce temps, Koloké reste introuvable, ce qui conduit à la diffusion de sa photo aux postes frontaliers. L'ombre de la Sernak a débandé les membres du POK, et le délégué général du parti se terrerait en Suisse.

Ainsi que le divi l'avait pressenti, le marabout, assuré de toucher le jackpot, avait monté les résidents en vue d'empêcher l'arrestation de Coulibaly. Outre cet objectif, le sacrifice voulait soustraire Kodjo à une mort certaine. Selon le mage, Kodjo n'était plus qu'une âme damnée après son accrochage avec Max Lannoy. Le pigeon aurait dû éviter la balle et s'envoler, malgré ses pattes ficelées, pour que rien ne lui arrive. Depuis, Kodjo était prostré, d'où le rituel de pénitence prévu pour trois jours, mais arrêté au deuxième à la suite de l'intervention de la brigade.

« Autre chose, émit l'inspecteur : si on coffre Papa Couly, on va priver Bissainthe du plaisir, comme il dit, d'arquepincer Koloké. C'est les lundis que les changeurs se voient !

— Rien ne prouve qu'il répondra au rendez-vous. Selon moi, il doit cavaler en ce moment. Que donne l'interrogatoire de madame Bafoussa ? »

Sonia ne se pardonne pas sa légèreté. Son mari trichait avec Diamante (coup d'œil compatissant au Créole), et c'est par cette gouine – le terme est d'elle ! – qu'il fait récemment la connaissance de Dactylo. Le tueur se présente en homme d'affaires à la recherche de placements juteux : ça ne va plus au pays, on ne peut plus y investir, les banques suisses ne garantissent plus le secret des dépôts, etc. Le couple remercie Diamante de l'avoir si bien rencardé.

Mercredi, bouffe à quatre dans un resto chic : Dactylo claque son fric. Des biffetons neufs. À force de loucher sur Diamante et le magnat, Sonia pense que la paire fricote depuis le Déluge. Enfin, on discute de l'entrée du nouveau venu dans le capital de l'Agence Black. Non pas que la Sarl soit à bout de souffle, mais de l'argent frais la consoliderait.

Le lendemain, au Paris-Kalin, Dactylo apporte la galette à concurrence de 30% des parts qu'il a prises. Le vampire en voulait 51, mais Jim, craignant une OPA sauvage, avait opposé son veto. L'un décaisse, l'autre encaisse, et les fesses se prêtent aux caresses par-dessous la table. À l'heure hasch, le financier transforme l'assemblée extraordinaire en fumette générale, convainc le couple de s'impliquer dans la vente de sticks. Vous cherchiez des radis, non ? Étant donné que Diamante s'engage à livrer ses sticks à la veille du concert, Jim paie la moitié sur place...

« Elle t'a dit combien la fille a palpé ? demanda l'Antillais.

— Deux bâtons. C'est-à-dire un peu plus que le prix de deux barrettes ; la différence couvre l'usinage.

— J'aimerais savoir à quoi joue cette créature de la distraction divine, cracha le bricard d'une voix aigre : tout en couchant avec ses victimes, il approvisionne la première, subventionne la seconde, oblige celle-ci à acheter chez celle-là, bute et dépouille la première, enviande l'autre… Une stratégie qui fait désordre.

— Avec le recul, reprit Jacques Mayotte, Sonia réalise comment le magouilleur les a mouillés. Son dépit est d'autant plus grand qu'elle se sent intimement salie…

— J'espère qu'elle a conscience du danger que court son mari, ajouta le divisionnaire. Cet homme est fichu hors de notre parapluie, et j'aimerais savoir en quoi ses productions gênent au Kalina.

— Faut peut-être arquepincer Dactylo pour le savoir, proposa Bissainthe.

— Masumbuko, Shamar, Ikhata, Diamante, cela fait beaucoup de morts sous nos yeux, évalua Cardoso. Nous pouvons néanmoins affirmer que ces crimes portent directement ou indirectement la même signature. Concernant Danga, son assassin nous a échappé alors que nous procédions à l'enquête de proximité : les témoins avaient confondu Dactylo avec Jim à cause de leur carrure. Avec son arrestation, les zones d'ombre pourraient s'expliquer.

— À propos de zones d'ombre, reprit l'inspecteur principal, Bissainthe a élucidé le rôle de James Ikhata. »

Les étiquettes des cartons ont livré leur secret : le retour de l'Azanien s'est effectué deux jours avant le meurtre de Danga. Que fait le commis-voyageur ? Il dépose ses colis à Cadence Toulmonde, se planque au foyer. Pas né de la veille, il a éventé le complot – peut-être par une indiscrétion de son sous-locataire – et sait quel profit en tirer. Il rencontre Danga le matin de son assassinat, lui remet du kawa. Pourquoi cette entrevue ? Mystère.

« C'est pourtant clair au regard des relations qu'ils entretiennent, réagit le Porto. James voulait lui manifester sa gratitude et, au-delà, accomplir un geste purificatoire : se laver de son meurtre, sans le mettre en garde, et ce, pour ne pas interférer dans le déroulement d'un scénario qui le dépasse. Cette attitude correspond au rituel dont je vous ai parlé l'autre jour… »

En effet, poursuivit Jacques Mayotte, Khadija se rappelle l'émotion de Danga quand il est rentré avec le café. C'est un cadeau, lui a-t-il dit, une offrande qui se traduit dans son village par le sacrifice d'une poule. Où se sont rencontrés les deux hommes ? Dans un endroit connu des intimes de Danga. Un mot sur ce petit cercle : le discours sur l'imbrication entre les arts primitifs et modernes, lequel discours a été véhiculé par Jim, Khadija et Ikhata, sort des œuvres choisies du militant Danga. Important pour saisir son ascendant sur ses proches. Bref, la scène de Ponce Pilate rejouée, James réapparaît une fois convaincu de ne rien risquer ni de la part de Dactylo ni de la police. Mais le divi opère dans le coin…

« C'est parce qu'il soupçonnait que nous avions percé sa complicité passive que James a paniqué en sautant de la fenêtre, conclut l'inspecteur.

— De mon point de vue, déclara Babylone, cette raison n'est pas suffisante…

— Et tu as raison, lâcha Cardoso : James a pris un vol d'Air-Brousse pour son retour. Or Danga consigne à trois reprises le code de cette compagnie dans son agenda. Je ne voyais pas ce que cela signifiait quand j'ai découvert le document. Plus éloquent : les dates mentionnées après le code précèdent de quelques jours celles que j'ai relevées sur le passeport de James. Et – tenez-vous bien ! – ces dates correspondent aux passages de celui-ci à la frontière entre le sud ougandais et l'est kalinais. Je me demande si, en définitive, ce n'est pas lui qui livrait les armes aux maquisards pokistes…

— Que faites-vous alors des preuves de Pupu Muntu ? lui reprit Max Lannoy.

— Du bidon. De la poudre aux yeux destinée à nous détourner de l'intérêt que les services kalinais portaient également à James. Je crois que l'Azanien se savait dans l'œil du cyclone, une des raisons pour lesquelles il s'est caché, l'autre étant de s'approprier la marchandise.

— Comment va-t-on arquepincer ce Dactylo ? lança Bissainthe. C'est en plus le seul numéro du commando dont on ne voit guère la bobine sur le film du Pacifique…

— L'exécuteur de basses œuvres ne s'expose pas ! le dédouana Cardoso. Que ceux qui l'ont vu se mettent à la disposition du spécialiste du portrait-robot : Jacques, Max, Bissainthe, qui d'autre ?

— La dame Bafoussa ! cafarda l'Antillais.

— Vous y allez quand même, intima le divisionnaire. Avec votre sens de l'observation, le portrait-robot informatisé sera une réplique du sujet. Autre chose : il se peut que le gang s'évanouisse dans la nature. Simple partie remise : les crimes de sang sont imprescriptibles et se paient tôt ou tard. »

Une semaine plus tard

L'administrateur général de la Sernak poussa la chaise pivotante derrière lui. D'un seul bond, il fut sur ses pieds, arpenta le bureau de long en large. Un œil au climatiseur, qui ronronnait pourtant normalement, trahit son impatience. Il se dirigea vers la bibliothèque.

Des centaines de classeurs occupaient les trois rayons situés au-dessus de son regard. Il en retira un, prit connaissance de son contenu, puis s'accroupit devant les étagères de bas : de vieux tomes de droit colonial, des manuels de droit, des bouquins de criminologie, des ouvrages sur la guerre secrète se partageaient les rayons avec une collection de SAS. Son altesse sérénissime, le prince Malko Linge, inspirait les limiers du Sud. Jusqu'à la caricature : le Dom Pérignon prenait ici la forme d'une bouteille d'Uganda Waragi. À chacun son grand cru.

Le cabinet était vaste, martial, orné de deux portraits. L'un représentait le président Pupu Muntu en grande tenue de maréchal. Sur l'autre, l'objectif avait surpris le satrape à bâtons rompus avec son bras séculier. Un signe. Le patron de la Sernak passait pour le plus fidèle parmi les fidèles du despote. D'où sa position inébranlable. Il quitta la bibliothèque pour la fenêtre.

Dehors, le soleil dardait ses rayons avec fureur. La proximité du fleuve ne contribuait guère à radoucir la température, et la chaleur montait comme dans une marmite en ébullition. Un homme hésita à descendre d'une voiture. Il retira soudainement sa veste et s'élança à grandes enjambées vers le côté opposé de la rue. Des piétons, las de se faire griller, s'abritaient sous les flamboyants bordant l'allée, tandis qu'un groupe de cantonniers attendait à l'ombre d'une barza que l'astre se voile pour se remettre au turbin.

Aucune pancarte n'indiquait le siège de la Sernak. Mais le bâtiment, blockhaus d'un étage, détonnait par sa masse dans un environnement de baraques d'ébène. Ces baraques, bâties sur pilotis dans le dernier quart du dix-neuvième siècle, présentaient une longue façade noire qui fut la première cité administrative du pays.

On frappa à la porte. Le haut fonctionnaire laissa quelques minutes s'écouler avant de crier au visiteur d'entrer. Celui-ci pénétra dans l'office et se figea sur place :

« Mes respects, mon colonel ! »

De grande taille et bien sécot face à la carrure taurine de son hôte, le visiteur, qui était sapé

William Nurumbi, tenait une épaisse chemise. L'officier se précipita à sa rencontre pour une chaleureuse poignée de mains agrémentée de tapes dans le dos. L'agent se décontracta aussitôt, puis se laissa entraîner vers le bureau devant lequel il s'assit. Après des blagues et des questions à l'emporte-pièce, le colonel passa aux nouvelles :

« Fatou Karibu a été arrêtée, répondit Koloké Mogbagbulé. De même que le microbe de l'équipe du Premier secrétaire. Si la chute de cet agent s'explique par une violation des consignes données, je ne sais par quelles arguties policières la dame a été chopée. Mon sentiment est qu'il s'agit d'une prise d'otage gratuite : ils n'ont rien de solide contre elle… »

Comme pour appuyer ses assertions, Don Kol tendit son dossier au colonel. Celui-ci se mit à le feuilleter, s'arrêtant ici et là pour des précisions, puis s'attaqua à la lecture du *Coq Gaulois*. Éclats de rire :

« Une véritable chausse-trappe… Comment as-tu fait pour l'éviter ?

— J'ai été pratique, patron. Sachant que la zone constitue là-bas un terrain propice à une chasse à l'homme, je me suis terré dans le 16ème arrondissement de Paris en attendant mon transfert en Allemagne. J'ai pris hier mon jet à Francfort et me voilà ! Ils nous ont sous-estimés au point de ne pas saisir Europol ni de recourir au SIS, le système informatique d'échange de données entre les polices de pays signataires de l'accord de Schengen.

— Tu mérites les honneurs de la République !
— À vos ordres, mon colonel ! »

Le journal du lundi 23 accapara le lecteur. Titre : De la drogue découverte dans des sacs de café à l'ambassade du Kalina ! Un système électrique défectueux a permis de lever le voile sur les kalinaiseries de la chancellerie négro-africaine. Le feu se déclare d'abord à la cave, les pompiers le maîtrisent à grands moyens, tombent sur des sacs de robusta apparemment conformes. Sauf qu'ils contiennent du hasch subtilement mêlé au café. Au même moment, un autre foyer se déclenche à l'étage. Panique dans la mission, où une dizaine de familles sont logées. Les pompiers se débattent, contiennent les flammes, tombent sur une série de billets de banque qui font l'objet d'une enquête criminelle. Impossible de joindre un responsable de la mission pendant le week-end. Quant au Quai d'Orsay, le porte-parole s'est refusé à toute déclaration. Une affaire à suivre…

« Quel merdaillon, ce pourri de Kwala ! Cette histoire de came a mis le maréchal en rogne. Il voulait sa tête, ce qui m'a conduit à lui proposer le rappel de toute la délégation : l'ambassadeur sera mis au placard, Kwala ira étrenner un poste de consul dans un ex-Bantoustan. Les Français peuvent pavoiser… »

L'administrateur prit le journal du samedi 21. Un entrefilet de dernière minute signale l'incendie d'une voiture probablement immatriculée dans le département. Le sinistre s'est produit sur une route de campagne. Le corps du conducteur, carbonisé, n'a pu être identifié. Fait insolite : un homme de race noire portant des haillons a été aperçu non loin du drame. Brûlé et fuyant tout contact, il semblait avoir perdu la raison. Le malheureux n'est pas connu dans la région, et l'on suppose qu'il se serait trouvé à bord de la voiture accidentée. Toute personne ayant constaté la disparition d'un proche est priée de…

« Comment as-tu fignolé ce coup ?

— Permettez-moi de vous dire que Dactylo est inégalable…

— Je le sais. Malheureusement, il fausse les données en s'accordant des ristournes sur les opérations de compromission. Les rapports que j'ai sur lui sont accablants. Comble d'ironie, ils émanent de ton ami Kwala. Ton protégé devrait s'inspirer de ton exemple. Cet accident ?

— Le traître Bafoussa était diverti par Dactylo au Paris-Kalin, alors que je mettais la main à la pâte : barre de direction sciée de quelques millimètres. Au-delà d'un parcours de cinquante kilomètres et en deçà si le volant est trop sollicité, la barre se casse. La partie basse, reliée à un détonateur, enclenche la mise à feu dès la rupture. Et boum ! Ils ne peuvent pas identifier la voiture : la plaque était imbibée d'un produit chimique qui la calcine au contact du feu.

— Bravo ! Je constate qu'il y a trois morts non programmés !

— Oui, cette salope qui avait résisté à votre charme lors de la visite d'inspection. Dactylo l'avait chargée d'endormir un flic en filature ce soir-là au Paris-Kalin. Mais la garce a tranformé sa mission en racolage. Pour une sordide question d'argent. Il n'y a pas de quoi larmoyer sur son sort : elle défilait avec les opposants. Quant au Noraf et à l'homme froidement abattu dans un foyer, il s'agit de bavures à imputer aux Français. Bien entendu, ils s'en lavent les mains ou invoquent la légitime défense... »

L'administrateur prit une longue inspiration, puis souffla :

« Tu ne mesureras jamais l'importance de la mission que tu viens d'effectuer avec brio...

— Le mérite revient à l'équipe, notamment à Kwala Pupu-Mambu. Sans la logistique dont j'ai bénéficié de sa part, notamment un QG opérationnel dans la zone chaude, je n'aurais pas...

— Ne me parle plus jamais de ce gaffeur. L'affaire Noriega, ça te dit quelque chose ? Rien de ce qui a été fait n'aurait réussi sans ta finesse. Full-stop. Tu t'imagines : supprimer tous ces morpions en une seule opération et, fait remarquable, dans un pays où le contre-espionnage est mordant... »

Le colonel se traîna dans la pièce en soliloquant. Danga méritait le châtiment suprême pour haute trahison. Et bien merci pour ses livraisons d'armes. Son convoyeur Ikhata a payé son tribut aux causes perdues sans laisser percevoir la nature de la main vengeresse. Quant à Masumbuko, sa liquidation représentait un chef d'œuvre de « seppuku », le terme japonais approprié pour hara-kiri. Et comment ! Exploiter les défaillances psychologiques d'un condamné afin de l'amener au suicide ! Avec sa suppression, la dernière preuve vivante du drame du campus kalinais disparaît. Compter désormais sur le temps pour faire oublier ce carnage.

« Le cas Bafoussa constituait par contre une grosse épine pour le régime, reprit le patron de la Sernak. Tu sais quoi ?

— Aucune idée, mon colonel. Je reçois des ordres et les exécute sans chercher à savoir...

— La musique est l'arme du futur, affirme Fela Anikulapo Kuti, mon idole de jeunesse. Cela étant, nous voulons bien que des particuliers participent aux échanges culturels entre le Nord et le Sud. Mais que ces initiatives étouffent la vie culturelle des pays pourvoyeurs en les vidant de leurs talents, cela devient préjudiciable... »

Don Kol s'agita sur sa chaise : il venait d'entendre le début du réquisitoire. Après les exécutions. L'administrateur général se rassit avant de reprendre sa confidence :

« En débauchant nos stars, ce couple a perturbé le climat qui prévalait dans notre capitale. On ne parle plus des nuits kâlines, mais du sida, d'un pays en déliquescence, sustenté par une aide internationale parcimonieuse. Les conséquences, mon cher ami, sont désastreuses : plus de touristes et, chose plus grave, les fonds de la coopération culturelle ne tombent plus… »

Le colonel contourna l'immense bureau. Les yeux cannibalisant son hôte, il prit la bouteille d'Uganda Waragi, se versa une rasade vite avalée, puis s'installa face à l'agent. Don Kol évita son regard en s'accrochant à la fenêtre.

« Un malheur serait survenu si tu n'avais pas supprimé ce profiteur de la coopération : le maréchal comptait dénoncer la participation de notre pays à la francophonie. J'ai essayé de le dissuader, mais en vain. Est-ce que tu saisis la portée de cette décision ? Je suppose que non. Écoute : le Kalina, par sa superficie, est le premier bordel francophone du monde ; par sa population, il en est le second. En cas d'échec de ta part, le boss aurait sorti son joker : détrôner le français comme langue officielle au profit d'un dialecte quelconque, peut-être le sien. Est-ce que tu vois la nocivité d'un tel parti ? Sans le français, une langue somme toute fédératrice en dépit de son utilisation actuelle à des fins hégémoniques, comment allions-nous communiquer, toi et moi ? Quelle ethnie aurait accepté la prédominance d'une autre langue au détriment de la sienne ? C'est ce danger que j'ai tenu à éviter en te confiant cette mission. Avec sa réussite, non seulement tu confortes l'usage et la pérennité de la langue des Schtroumpfs dans ce pays, tu rapportes en plus les fonds culturels : ils vont tomber à présent que l'intermédiaire est hors jeu. Entre nous, j'espère que ces fonds n'iront pas sommeiller sur des comptes numérotés en Suisse… »

FIN

DU MÊME AUTEUR

Aux Éditions L'Harmattan

Dans la collection Encres Noires

KIN LA JOIE-KIN LA FOLIE (1993)

SÉRIE NOIRE

Dernières parutions :

2240. — À CLAQUER DES DENTS .... *Marcia Muller*
2241. — NUIT APACHE .... *Patrick Mosconi*
2242. — UNE MORT DANS LE DJEBEL........ *Jacques Syreigeol*
2243. — AU PLUS NOIR DE L'HIVER......... *Michael Allegretto*
2244. — PAS TOUCHE AUX PAPOUS! .... *Riall W. Nolan*
2245. — DRÔLES DE COUPS DE CANIF .... *Lawrence Block*
2246. — LA TRAQUE AUX FANTÔMES........ *Martin Blank*
2247. — L'HOMME AU MÉGOT............. *François Joly*
2248. — TA LANGUE AU CHAT?........... *Karen Kijewski*
2249. — VOUS PARLEZ D'UNE PAROISSE!...... *Hillary Waugh*
2250. — UN TÉMOIN HORS DE PRIX .... *Jeffrey Ashford*
2251. — ÇA BROUILLASSE À FRISCO .... *Marcia Muller*
2252. — LA CHASSE À LA B.D............. *Ron Goulart*
2253. — L'ŒIL ÉTAIT DANS LA BOMBE....... *Mark Schorr*
2254. — DERNIER CARAT .... *Les Roberts*
2255. — LA CONFIANCE RÈGNE........... *Gérard Delteil*
2256. — LA MENTEUSE EST SANS PITIÉ ...... *Loren D. Estleman*
2257. — ZAUNE..................... *Oppel*
2258. — LE CRÂNE EN FLEUR............ *Anne Wingate*
2259. — LES BAGAGES D'ICARE .... *Joseph Bialot*
2260. — MIRACLE EN VENDÉE .... *Jacques Syreigeol*
2261. — JACKPOT.................... *Bill Pronzini*
2262. — JE T'ATTENDS AU TOURNANT .... *Charles Williams*
2263. — LA COMMEDIA DES RATÉS......... *Tonino Benacquista*
2264. — L'HOMME ZIGZAG .... *Marvin Albert*
2265. — GARE AUX GAILS............... *Michael Geller*
2266. — CIEL NOIR.................. *Noël Simsolo*
2267. — LA POUPÉE PENDOUILLAIT......... *Robert B. Parker*
2268. — LE DIABLE EN ROBE BLEUE .... *Walter Mosley*
2269. — HISTOIRES DE FEMMES........... *Julius A. Lion*
2270. — UN FRAGMENT D'AGONIE .... *James E. Martin*
2271. — LA MORT PRÉFÈRE LES BLONDES ..... *Anne Wingate*
2272. — PERRY MASSON PERSISTE ET SIGNE ... *Thomas Chastain*
2273. — LES ANGES MEURENT AUSSI........ *Alain Bellet & Frédéric Larsen*
2274. — FUGUE EN TUEUR MAJEUR......... *Teri White*
2275. — LES VOYAGES DE NICK POLO .... *Jerry Kennealy*
2276. — VENEZ VOIR LES CADAVRES, MESDAMES. *Marie & Joseph*
2277. — LA PEAU DU VENTRILOQUE .... *Ron Goulart*
2278. — FANTASIA À L'OPÉRA............ *Stuart M. Kaminsky*
2279. — LA FOURMI QUI ABOIE .... *Charles West*

2280. — UNE BONNE ANNÉE POUR LES ROSES. . . *Mark Timlin*
2281. — ET RODRIGUEZ, ALORS? . . . . *Bill Albert*
2282. — L'ARGENT DU TURC . . . . *Arthur Lyons*
2283. — LA POUPÉE QUI TUE . . . . *John Lutz*
2284. — LE CHERCHEUR D'OR DORT . . . . *Douglas McBriarty*
2285. — LE SERPENT À PÉTROLE . . . . *Les Roberts*
2286. — CASSEZ PAS LA CASSETTE! . . . . *Albert DiBartolomeo*
2287. — PIRAÑA MATADOR . . . . *Oppel*
2288. — COSMIX BANDITOS . . . . *A. C. Weisbecker*
2289. — UN TICKET POUR LA MORGUE . . . . *Lawrence Block*
2290. — LA BELLE DE FONTENAY . . . . *Jean-Bernard Pouy*
2291. — LA GRENOUILLE AUX PATTES D'OR . . . . *Jonathan Fast*
2292. — UN PASSÉ PAS SI SIMPLE. . . . . *Robert B. Parker*
2293. — LE BOUCHER DE CHICAGO . . . . *Robert Bloch*
2294. — CONFIDENCES SUR L'ESCALIER . . . . . . *Pascale Fonteneau*
2295. — FAUSSE BALLE . . . . *Paul Benjamin*
2296. — VALDEZ EST ARRIVÉ!. . . . . *Elmore Leonard*
2297. — NEC . . . . *Daniel Picouly*
2298. — ARIZONA KISS . . . . *Ray Ring*
2299. — LES RUES DE FEU. . . . . *Thomas H. Cook*
2300. — TOUT FOUT LE CAMP . . . . *Bill Pronzini*
2301. — UN DÉMON AU PARADIS . . . . *Marvin Albert*
2302. — COMME DE LA PESTE. . . . . *Pierre Léon*
2303. — UN TROP PLEIN DE CIEL . . . . *Robert Sims Reid*
2304. — LA REINE D'AMÉRIQUE. . . . . *Russell H. Greenan*
2305. — LE MAL DU DOUBLE-BANG . . . . *Laurent Fétis*
2306. — AU COCHON AVEUGLE . . . . *Jon A. Jackson*
2307. — PORTRAIT DE FAMILLE. . . . . *James Colbert*
2308. — CAVALE . . . . *Eva David*
2309. — SUR LA LIGNE BLANCHE. . . . . *José-Louis Bocquet*
2310. — UNE DANSE AUX ABATTOIRS . . . . *Lawrence Block*
2311. — LE SYNDROME DU VOLCAN . . . . *Gérard Lecas*
2312. — IMPLANTS D'ENFER. . . . . *Tony Kenrick*
2313. — LES ORPAILLEURS . . . . *Thierry Jonquet*
2314. — VICKI . . . . *Steve Fisher*
2315. — UNE POIRE POUR LA SOIF . . . . *James Ross*
2316. — LA PORTE DE DERRIÈRE . . . . *Marc Villard*
2317. — GAME OVER. . . . . *Freddie Lafargue*
2318. — FOLIES DOUCES. . . . . *Richard Matas*
2319. — VOMITO NEGRO. . . . . *Jean-Gérard Imbar*
2320. — LES HABITS D'OMBRE. . . . . *Cesare Battisti*
2321. — CUPIDE . . . . *Robert Sims Reid*
2323. — SWEETWATER RANCH . . . . *Geoffrey Norman*
2324. — UNE PAIRE DE DEUX . . . . *Robert B. Parker*
2325. — ÉTATS DE LAME. . . . . *Pascale Fonteneau*
2326. — LA SIRÈNE ROUGE . . . . *Maurice G. Dantec*

2327. — DU SABLE DANS LA BOUCHE. . . . . *Hervé Le Corre*
2328. — CHIEN-FROID . . . . *Laurent Fétis*
2329. — LA PROIE DE L'ARAIGNÉE . . . . *Robert Bloch*
2330. — SANGLANTES CONFIDENCES. . . . . *John Gregory Dunne*
2331. — IL Y A DES JOURS COMME ÇA . . . . *Jack Ritchie*
2332. — L'ENFANT DE CŒUR . . . . *Olivier Thiébaut*
2333. — MANUEL DES PERDANTS . . . . *Juan Sasturain*
2334. — LE VENT DES FOUS . . . . *Franck Pavloff*
2335. — PAS DE KADDISH POUR SYLBERSTEIN. . . *Konop*
2336. — TRUANDS AND CO . . . . *Donald Goines*
2337. — LE CHIEN QUI CHANTE. . . . . *James McClure*
2338. — UNE VALSE AU TEXAS . . . . *Max Crawford*
2339. — LE JEU DU PETIT POUCET . . . . *Jacques Mondoloni*
2340. — CORVETTE DE NUIT. . . . . *Marc Villard*
2341. — LES CHAPACANS . . . . *Michèle Courbou*
2342. — L'ANGE ET LE RÉSERVOIR DE LIQUIDE À FREINS . . . . *Alix de Saint-André*
2343. — QUITTER KAT . . . . *Karen Kijewski*
2344. — MEURTRES POUR DE VRAI . . . . *Marc Gerald*
2345. — TIR À VUE. . . . . *Serge Quadruppani*
2346. — LES LARMES DU CHEF . . . . *Daniel Picouly*
2347. — RETOUR DE BÂTON . . . . *A. B. Guthrie*
2348. — DERNIÈRE STATION AVANT JÉRUSALEM . . . . *Alain Demouzon*
2349. — POINT MORT . . . . *José-Louis Bocquet*
2350. — LES GUERRIERS DE L'ENFER. . . . . *Robert Stone*
2351. — MOURIR APRÈS LA GUERRE . . . . *Max Allan Collins*
2352. — LA GRANDE MAGOUILLE DE 1944 . . . . . *Andrew Bergman*
2353. — LE PENSEUR DE VALLORBE . . . . *Eliane K. Arav*
2354. — LE PENDU D'HOLLYWOOD . . . . *Andrew Bergman*
2355. — ŒDIPE-ROI. . . . . *Didier Daeninckx*
2356. — TRÈS PRIVÉ . . . . *Alexandre Valletti*
2357. — COUP DE CHAUD . . . . *Philip Lee Williams*
2358. — LE PONT DE MOSCOU. . . . . *Pierre Léon*
2359. — LA FOIRE AUX SERPENTS . . . . *Harry Crews*
2360. — PROTHÈSE. . . . . *Andreu Martin*
2361. — LA DANSE DE L'OURS. . . . . *James Crumley*
2362. — VENDEURS DE MORT . . . . *Donald Goines*
2363. — J'ÉPOUSERAI PLUTÔT LA MORT . . . . . . *Frédéric Castaing*
2364. — LA VIE DE MA MÈRE!. . . . . *Thierry Jonquet*
2365. — GANGRAINE. . . . . *Elizabeth Stromme*
2366. — HAMMETT. . . . . *Joe Gores*
2367. — PARCOURS FLÉCHÉ. . . . . *Jean-Pierre Bastid*
2368. — CIRQUE À PICCADILLY . . . . *Don Winslow*
2369. — L'OMBRE ROUGE . . . . *Cesare Battisti*
2370. — TOTAL KHÉOPS . . . . *Jean-Claude Izzo*

2371. — LA FACE CACHÉE DE LA LUNE . . . . . . *Georgui Vaïner et Leonid Slovine*
2372. — HISTOIRE DE LA FEMME QUI AVAIT ÉPOUSÉ UN OURS BRUN . . . . *John Straley*
2373. — PÉRICLÈS LE NOIR . . . . *Peppe Ferrandino*
2374. — LES FILS PERDUS DE SYLVIE DERIJKE . . *Pascale Fonteneau*
2375. — INNOCENT X . . . . *Laurent Fétis*
2376. — JE M'APPELLE REVIENS . . . . *Alexandre Dumal*
2377. — RN 86 . . . . *Jean-Bernard Pouy*
2378. — LE MIROIR AUX ALLUMÉS . . . . *Jacques Humbert*
2379. — LES RACINES DU MAL . . . . *Maurice G. Dantec*
2380. — LE COCHON QUI FUME . . . . *James McClure*
2381. — LA PELOUZE . . . . *M. A. Pellerin*
2382. — UNE PETITE DOUCEUR MEURTRIÈRE . . . *Nadine Monfils*
2383. — LE PAYS DE DIEU . . . . *Ray Ring*
2384. — J'AI CONNU FERNANDO MOSQUITO . . . . *Rique Queijão*
2385. — M'SIEUR . . . . *Alain Gagnol*
2386. — PIQUÉ SUR LA ROUGE . . . . *Gregorio Manzur*
2387. — COMME VOUS ET MOI . . . . *Seymour Shubin*
2388. — MARILYN LA DINGUE . . . . *Jerome Charyn*
2389. — ZYEUX-BLEUS . . . . *Jerome Charyn*
2390. — KERMESSE À MANHATTAN . . . . *Jerome Charyn*
2391. — 1275 ÂMES . . . . *Jim Thompson*
2392. — N'Y METTEZ PAS LE DOIGT . . . . *Christopher Wilkins*
2393. — LES TROTTOIRS DE BELGRANO . . . . . . *Pierre-Alain Mesplède*
2394. — COMMENT JE ME SUIS NOYÉ . . . . *Serge Quadruppani*
2395. — SURF CITY . . . . *Kem Nunn*
2396. — LE CHANTEUR DE GOSPEL . . . . *Harry Crews*
2397. — MÉMOIRE EN CAGE . . . . *Thierry Jonquet*
2398. — MA CHÈRE BÉA . . . . *Jean-Paul Nozière*
2399. — DAME QUI PIQUE . . . . *Craig Smith*
2400. — FREE . . . . *Todd Komarnicki*
2401. — NADINE MOUQUE . . . . *Hervé Prudon*
2402. — LE SANG DU DRAGON . . . . *Christian Gernigon*
2403. — LE VOLEUR QUI AIMAIT MONDRIAN . . . *Lawrence Block*
2404. — DU SABLE DANS LES GODASSES . . . . . . *Juan Sasturain*
2405. — CITÉS DE LA PEUR . . . . *Collectif*
2406. — BÉNÉDICTION . . . . *Robert Sims Reid*
2407. — LA FENÊTRE OBSCURE . . . . *James Durham*
2408. — GROOTKA . . . . *Jon A. Jackson*
2409. — LE TRUC . . . . *Mat Messager*
2410. — LES MORTES . . . . *Jorge Ibargüengoitia*
2411. — LA REVANCHE DE LA COLLINE . . . . . . *Hervé Prudon*
2412. — LA NUIT DE ST.- PAULI . . . . *Frank Göhre*
2413. — AGENCE BLACK BAFOUSSA . . . . *Achille F. Ngoye*

Cet ouvrage a été composé
par Infoprint.
Reproduit et achevé d'imprimer sur Roto-Page
par l'Imprimerie Floch à Mayenne
le 29 janvier 1996.
Dépôt légal : janvier 1996.
Numéro d'imprimeur : 38947.

ISBN 2-07-049590-6 / Imprimé en France.

74472